# TATUAGEM

*"Há sempre alguma loucura no amor,
mas há sempre um pouco de razão na loucura".*
Friedrich Nietzsche

MARINA SALLA

# TATUAGEM

*"Há sempre alguma loucura no amor,
mas há sempre um pouco de razão na loucura".*
Friedrich Nietzsche

TALENTOS DA LITERATURA BRASILEIRA

novo século®

SÃO PAULO 2014

| | |
|---|---|
| Coordenação Editorial | Silvia Segóvia |
| Preparação | Natércia Pontes |
| Diagramação | Abreu's System |
| Capa | Monalisa Morato |
| Revisão | Adriana Bernardino |

Texto de acordo com as normas do Novo Acordo Ortográfico da Língua Portuguesa (Decreto Legislativo nº 54, de 1995)

**Dados Internacionais de Catalogação na Publicação (CIP)**
**(Câmara Brasileira do Livro, SP, Brasil)**

Salla, Marina
Tatuagem / Marina Salla. – Barueri, SP: Novo Século Editora, 2014.

1. Ficção brasileira I. Título.

14-03647 CDD-869.93

**Índices para catálogo sistemático:**
1. Ficção : Literatura brasileira 869.93

2014
IMPRESSO NO BRASIL
PRINTED IN BRAZIL
DIREITOS CEDIDOS PARA ESTA EDIÇÃO À
NOVO SÉCULO EDITORA LTDA.
CEA – Centro Empresarial Araguaia II
Alameda Araguaia, 2190 – 11º andar
Bloco A – Conjunto 1111
CEP 06455-000 – Alphaville Industrial – SP
Tel. (11) 3699-7107 – Fax (11) 3699-7323
www.novoseculo.com.br
atendimento@novoseculo.com.br

Dedico este livro àqueles que sofreram *bullying*, que tiveram sua essência abalada por alguém que não é nada além de cruel.

Dedico para aqueles que se sentiram aprisionados em liberdade e àqueles que se sentiram livres em confinamento por esquecerem como é viver de outra forma, para que sempre consigamos enxergar as pessoas que nos fazem mal e saibamos reconhecer uma oportunidade de escape e, mais que isso, aproveitá-la.

# Parte

# 1

**Estou na escola.** Não é meu primeiro dia, mas sinto como se fosse. Tenho 15 anos, estou na nona série e estudo aqui desde os meus doze.

Sinto como se estivesse no meu primeiro dia de aula porque, no primeiro dia, eu também estava sentada nesse mesmo banco de madeira sem encosto, em meio a essas paredes brancas com retratos de pessoas importantes. E a evidência de que este realmente parece o primeiro dia de aula: a porta da sala da diretora está ao meu lado, comigo no fim do corredor. No primeiro dia sentei ali, esperei alguém sair e me dizer que eu já podia entrar pra diretora me dar meus horários, falar qual era minha sala ou me indicar alguém.

Hoje, o motivo é diferente. E sei qual é. Ele está na raiz até as pontas do meu cabelo. Eu os pintei de vermelho.

Sempre me achei muito atrasada, moro numa cidade chamada Tateó, de doze mil habitantes, desde que nasci, e aqui as coisas não evoluem. É como se fosse pecado ser diferente, mas, pra mim, eu estou igual. Desde os meus doze anos, quando entrei nessa merda de escola, as pessoas me tratam como se eu fosse estranha, como se não fosse humana, como se fosse completamente anormal.

As pessoas riem da minha pele pálida, dos cabelos loiros e lisos demais, dos meus olhos – que dizem que são grandes demais, redondos demais, com cílios grandes demais e escuros demais pra minha cor de pele. Eles riem disso desde que entrei, a principal causa da risada eram meus olhos por nunca pararem em uma cor só, bambeando entre o verde e o castanho – uma vez alguém me disse que era reflexo de emoções –, mas agora riem de um cabelo vermelho, e pra mim não faz a menor diferença.

Mas a professora me mandou pra diretoria porque disse que eu estou causando um alvoroço desnecessário na sala de aula. Quem está causando uma porcaria de alvoroço são os inúteis que tiram sarro da diferença, não eu, merda.

É como se estivéssemos nos anos de 1960, ou 1950, ou sei lá, quando não se podia nada na escola. Eu até achei que o vermelho deu brilho aos meus olhos, combinou com as roupas pretas que costumo usar, e com os *jeans* sempre meio esfolados. Eu me visto assim desde os meus treze, a única coisa que mudou foi o meu cabelo.

Não, eu não tirei nota baixa, eu não gritei na sala, não, eu não coloquei um absorvente manchado na lousa, eu pintei o cabelo. Estou na porta da diretoria porque pintei o cabelo. Meu Deus, isso é tão inútil, me dá vontade de sair, logo o sinal para o intervalo vai tocar, não quero perder esse tempo aqui. Mas, parte de mim me faz ficar com a bunda grudada no banco porque eu quero dizer pra diretora que não vou tingí-los de nada, agora o meu cabelo vai ser vermelho, pra sempre.

Tudo bem, Laura, acalme-se. Pare de falar com brutalidade, sua mãe vai morrer de desgosto. Não que ela não tenha feito um drama também, mas vamos lá, mães são mães e vão fazer o maior drama pra tudo.

Na realidade eu queria mesmo uma tatuagem. Tatuagens são legais, mas aqui em Tateó talvez se três pessoas tiverem uma só seja muito, aqui o tempo parou, talvez nem existam tatuadores aqui, talvez eles tenham sido queimados em praça pública ou estejam simplesmente presos. E eu não tenho dinheiro, então escolhi deixar o visual diferente, e entre todas as cores, lá estava o vermelho. Vivo, brilhante, sedutor, logo imaginei o quão sexy ficaria em cima de uma *lingerie* preta, pra se mostrar a alguém.

Não que eu tenha uma *lingerie* preta, na realidade eu uso cuecas, as minhas mesmo, eu vou lá e as compro, porque eu acho confortável. Bom, só poderiam ser minhas mesmo, e não de um namorado, porque eu não tenho namorado, eu nunca tive um, e eu sou virgem; aliás, eu nunca dei um beijo na boca, nem sei o que fazer com a minha língua se eu algum dia chegar a beijar alguém.

Ah, eu me imagino com alguém. Um cara lindo, grandão, com cabelos negros e compridos e olhos profundos. Porque quando nos imaginamos com alguém, nos imaginamos com quem achamos bonito – nunca me imaginei de mãos dadas com um daqueles bonecos de grafite ainda em esboço, onde nos braços está escrito "gentileza e sinceridade"; e nas pernas, "lealdade"; e na cabeça, "inteligência"; e essas coisas e tal. Gostaria de saber como as pessoas que não dão a mínima pra aparência se imaginam com alguém. Dou valor à aparência quando a aparência da pessoa é sincera com o que ela é. Eu gostaria de ter uma aparência assim.

A porta da diretoria se abre, a diretora – uma mulher com um corpão e cabelos presos – dá tapinhas carinhosos no ombro de Tyler, o indomável bonitinho.

– Pode entrar, Laura – a diretora olha pra mim assim que Tyler sai da sala.

Eu me levanto e entro com ela, ela não me olhou como quem já sabia por que eu estava lá, afinal, vou poucas vezes pra diretoria.

A diretora se sentou, entrelaçou os dedos em cima da mesa e ergueu as sobrancelhas pra mim.

– Pintei o cabelo – eu disse, encolhendo os ombros.

– Estou vendo.

– E talvez também ache que vir pra cá por esse motivo seja besteira – tentei, numa esperança de ser liberada logo.

– Laura, vivemos numa cidade pequena onde você não vai ter nenhuma chance com um cabelo assim – a diretora falou, naquela voz automática, como uma gravação.

– Não estou procurando emprego. Droga, eu só pintei o cabelo!

– Espero que da próxima vez que você aprontar alguma, você saia da escola sem vir me atormentar – Ângela, a diretora, me falou, e eu franzi as sobrancelhas sem entender. – Laura, querida, eu entendo tudo isso. Eu entendo, de verdade. O problema é que você não entende.

Abri a boca pra falar, mas continuei processando até sair:

– Olha, fui eu que pintei o cabelo, então, se você entende é óbvio que eu também...

A conversa acabou não durando muito. Ela não me deu nenhuma bronca, só disse que se preocupava e despediu-se dizendo:

"Eles têm inveja de você, Laura, é por isso que te tratam assim. Vou fazer alguma coisa a respeito".

Caminhei até o pátio e parei ali, no meio da grama. No sol o meu cabelo ficava ainda mais brilhante, peguei uma mexa e admirei, eu estou satisfeita. Não importa o que falem, eu gostei do resultado.

Até que senti o meu ombro ser empurrado com uma força exagerada.

– Olha aí a esquisitona!

Me virei de repente e os vi, Toby, Giulia e Arco Neil, os três irmãos mais ricos da cidade – é o que dizem, pelo menos.

– Ai, pelo amor de Deus, desapareçam – disse a eles, cansada de gente imbecil.

Cansada como sempre.

– Cabelo bonito, Laurinha – zombou Giulia. – Agora só falta ser jogada no fogo, pra combinar.

Antes que eu pudesse responder, Toby empurrou meus ombros e eu dei alguns passos pra trás.

– Parece mesmo uma bruxa.

– E por que vocês se incomodam?

Era uma voz que eu não conhecia, a mão grande que foi posta no meu ombro pertencia a alguém que fez Toby e Arco ficarem brancos. Giulia olhou com desprezo, enquanto eu estava congelada demais pra descobrir quem estava ali me defendendo.

– Ela é mesmo uma das ninfas que você gosta, Jack – ela falou como se cuspisse. – Maltrate-a por nós – finalizou de nariz empinado e foi embora.

Os irmãos, atrás.

Relaxei de um jeito que meus ombros abaixaram uns dez centímetros.

– Você está bem? – Opa, agora é comigo que está falando!

– Estou, obriga... – disse enquanto virava meu rosto pra olhar, e quando eu pude ver, paralisei de novo.

O garoto tinha o rosto redondo e másculo, olhos escuros, sobrancelhas grossas, cabelos castanhos e ondulados moldando o rosto, longos, lábios vermelhos, pele um pouco bronzeada. Eu o achei lindo.

–...da.

– Desculpe por me intrometer – o cara largou meu ombro e soltou um resmungo inconformado. – São uns imbecis esses irmãos, acho que vou quebrar a cara deles um dia desses.

Enquanto ele falava, meus olhos perambulavam o seu corpo, grande e forte, acho que praticava algum esporte. E havia algo que me fascinou, quando olhei em seu braço... Uma tatuagem.

Um elefante.

– Que linda a sua tatuagem – falei, sorrindo. – Muito benfeita.

– Foi meu irmão que fez – sorriu em resposta. – Estou ensinando ele a tatuar há algum tempo, e achei que ele já estava bom o suficiente pra fazer essa em mim.

– Cara, eu deixaria você tatuar todo o meu corpo se quisesse treinar... – pensei alto, derretida. (Que vergonha!).

Ele olhou pra mim como quem achasse aquilo muito sem noção e riu alto. Meu rosto queimou quando percebi o que havia dito.

– Desculpa, sério!

– Não esquenta – ele tomou fôlego. – Como é seu nome?

– Laura – dei de ombros. – E o seu?

– Jack.

Um segundo de silêncio, e eu tinha que perguntar:

– Por que você me defendeu?

– Porque eu vi eles te jogarem contra o tronco de uma árvore e te chutarem ontem, Laura – Jack falou, agora bem sério.

Abaixei a cabeça, pensei que ninguém tivesse visto.

– E morri de raiva por não ter ido até lá naquela hora – Jack continuou com sua voz grossa e sutil, falando realmente como um homem. – E eu decidi que... Eu não deixaria isso acontecer de novo, eu não ia deixar de te defender de novo. Porque, mano! Que imbecis! – finalizou em tom de revolta. – Essas pessoas desse colegiozinho olham essas coisas e não fazem nada! Cara, se você tivesse no meu antigo colégio, aqueles três já teriam sido espancados!

– Bom, não existem turmas grandes e unidas por aqui..., e eu nem tenho amigos, então..., não faria diferença se eu estivesse em outro lugar – disse. (Por que estou dizendo isso?).

Jack me olhou por alguns segundos, segundos inteiros e longos, senti como se fosse uma eternidade, me segurando pra perguntar o que estava havendo.

– Mas eu estou feliz que você está aqui agora e eu também.

Então eu não pude deixar de sorrir:

– Foi a coisa mais bonitinha que alguém já me disse!

Jack acabou me contando que estava naquela escola há duas semanas, e no intervalo ele via as pessoas indo falar comigo, mas só depois de alguns dias percebeu que não era natural.

– Só me liguei depois que alguma coisa tava errada – Jack ia falando enquanto andávamos até um dos bancos de cimento do pátio. – E aí, vi aquilo ontem... Sei lá... Me deu nos nervos...

– Que tal parar de falar de mim? – perguntei, me sentindo incomodada.

– Por quê? – ele deu uma risadinha.

– Porque, um, na realidade, você deve ter ficado irritado por eu nunca conseguir me defender, mesmo tendo anos que poderiam ter acumulado alguma prática. Dois, eu não sei qual é a sensação de alguém flertar comigo, mas estou começando a sentir uma coisa estranha. – disse pra ele, objetivamente, sentando em cima de minha perna no banco, enquanto ele se sentava ao meu lado. – E isso é muito esquisito.

– Bom, se você nunca recebeu um flerte explica por que você acha tudo esquisito – ele disse, sorrindo com seus lábios maravilhosos. Ele não está levando a sério, mas não me importo. Não quando ele sorri desse jeito. Porque me sinto como se fosse a primeira vez que vejo uma pessoa sorrir. E é mágico.

– Quer saber o que é mais esquisito? – Jack perguntou num sussurro risonho, aproximando mais sua cabeça.

– O quê? – sorri também, franzindo as sobrancelhas, já que nem consigo imaginar.

Então, numa fração de segundo, ele se aproximou e mordeu a minha orelha. Tomou distância e deu uma piscadela, bem quando o sinal do fim do intervalo soou. Não sorri, meu olhar devia parecer bobo e minha boca ficou semiaberta como ficam mesmo a dos bobões.

– Até mais, Laura – Jack sorriu pra mim, virou as costas e foi embora.

E eu fiquei ali, parada.

O que tinha sido aquilo? O que ele fez? Senti meu rosto queimar, levei a mão para a orelha e a segurei, eu a sentia quente.

Consegui dar o primeiro passo, e outro, com um sorriso diferente nos lábios. Um sorriso suave, mas por dentro era muito maior; talvez eu não seja feia como sempre pensei, talvez eu não seja esquisita como as pessoas me lembram, talvez, talvez eu não seja tão patética e desinteressante, talvez eu tenha bons assuntos pra conversar.

Eu nunca pensei nessas coisas antes.

Aqui no meu colégio a hora do almoço é obrigatória. O almoço é 11h30, e os alunos só podem sair ao meio-dia, mas a diretora Ângela me deixa – única e exclusivamente – sair na hora do almoço, antes dos outros alunos. Ela disse que foi o jeito que conseguiu para que eu tivesse um pouco de sossego, até meio-dia, quando os alunos vão começar a sair eu já estou em casa.

Então eu não almoço na escola, almoço com a minha família. Moro num sobrado de dois andares, feito todo de madeira, é uma casa pequena apesar de tudo e a minha família não é muito grande. Aqui somos eu, meu pai, Edward; minha mãe, Sylvie; minha irmã, Alice; e meu irmão, Claud. Somos um padrão de loiros bem brancos com olhos redondos, mas minha mãe e Alice têm olhos verdes. Bom, loiros brancos exceto Claud; ele é adotado. Eu tenho 15, minha irmã tem quase 18 – está se formando na escola – e Claud já tem 19. A família dos meus pais tem mais uma coisa em comum, além dos cabelos claros, ambas famílias são banhadas de meninas, e meninas, e mais meninas. Meu pai ficou com medo, porque ele sempre quis um garoto – então adotaram Claud. Ele não é tão branco quanto nós, ao menos parece que está vivo, e tem cabelos negros – bem negros – e olhos azuis bem escuros. Eu o acho muito bonito.

Adotar Claud, antes que eu e Alice nascêssemos, foi uma decisão acertada para meu pai. Ele adotou Claud, aproveitou-o bem e depois teve as meninas. Meus pais contam que nem pediram para saber qual era nosso sexo, no ultrassom, eles tinham certeza de que seriam meninas. E já que o meu pai tinha seu querido menino, não ficou abanando a bandeira de algum time de futebol, rezando, enquanto minha mãe estava em trabalho de parto.

Mesmo que a casa seja um tanto pequena, cada um tem seu próprio quarto – que são pequenos e sem banheiro – mas Alice fica trancada com Claud no quarto dele a maioria do tempo, e minha cabeça já inventou cada história por causa disso...

Almoçamos e depois – como acontecia todos os dias – cada um foi relaxar no seu canto. Eu, no meu quarto. Suei muito pra ter e consegui um computador com internet no meu quarto, eu disse a eles que pela internet eu poderia arranjar alguma amiga e coisa e tal.

Porque, bom, é isso que as pessoas esquisitonas como eu acabam fazendo pra não cair numa depressão profunda e coisa e tal, sabe, socializar. Entrei num bate-papo uma vez e conheci Miriam, uma menina carioca morenaça e gente boa. Nos adicionamos já faz mais ou menos um ano. Miriam já viu fotos minhas, ela não me acha feia e achou meu cabelo vermelho muito legal.

Ela está *on*! Estou louca pra contar pra ela sobre Jack!

Laura: Mimi OOOOOO/

Mimi: Oooi! Tudo bom? ^^

Laura: Sim, sim, acho que pintar o cabelo foi uma boa coisa >.<

Mimi: Pq? ☺

Laura: Eu conheci um garoto =O

Mimi: Um garoto? E por acaso existe algum decente aí? XD não acha mais todos eles imprestáveis?

Como vou achar todos eles imprestáveis se, em 15 anos, a primeira conversa que tive com um garoto que não fosse da minha família foi hoje?! Enfim...

Laura: O nome dele é Jack, ele me defendeu quando eu tava sendo "bulliyngnizada" por aqueles irmãos que já te falei. Ele mordeu minha orelha! =$

Mimi: Quem? Os irmãos?!

Laura: Naaaauuummm, o Jack! Nós conversamos e, depois de um tempo, ele se aproximou e mordeu minha orelha!

Mimi: UAAAAU! Pra menina que nunca tinha tido contato com um cara, isso é um grande avanço >O<

Meu Deus, como eu pareço infantil.

Outras meninas diriam isso dando umas risadinhas maliciosas, ou achariam normal. Claro, as meninas que devem estar acostumadas com isso...

Mas eu não estou acostumada e estou bem feliz, porque pelo menos a mordida na orelha – lista do que fazer/receber antes dos cinquenta – aconteceu antes da formatura.

Miriam pergunta como ele é, eu digo que ele tem uma tatuagem de elefante no braço feita pelo irmão. Ela também gosta de tatuagens.

Mimi: Huuuummm, o irmão dele provavelmente é uma graça.

Laura: Provavelmente.

Miriam e eu nunca tínhamos falado de garotos antes. Quer dizer, não dos garotos de Tateó, ela já tinha me falado sobre uns lances com uns garotos na cidade dela – porque ela é linda! –, e isso nunca tinha acontecido comigo.

Eu, praticamente, perdi a virgindade hoje!

Calma, Laura, devagar... Vou contar tudo isso pro meu diário.

Foi só de noite que eu comecei a pensar o quanto aquilo soava ridículo. Me achei tão miserável por pensar num garoto o dia inteiro só porque ele me mordeu a orelha. Isso porque, na verdade, eu não pensei nele o dia todo só por causa disso. Foi também pelo fato de que ele veio falar comigo.

Isso é tão estranho, tão absolutamente estranho, isso não é estar apaixonada, né? Sinto meu coração se aquecer quando penso em Jack, mas eu nem sei se ele faz o tipo romântico ou o tipo que é apaixonável. É só que... Ele me salvou dos irmãos Neil. E Giulia disse... alguma coisa sobre ninfas... O tipo de ninfa que ele gosta? Cara, pensar assim é tão nojento, Giulia desprezou até isso. Mas é engraçado ela ter dito isso. Será que ela conhece Jack, nem que seja um pouquinho? Será que vou ter coragem de perguntar? Ou melhor, será que vamos conversar amanhã...?

A parte engraçada de uma coisa dessas ter acontecido comigo é que, bom, eu nunca pensei que isso fosse acontecer. Claro, nunca tive aquela mágoa de morrer virgem, ou intocada, ou coisa assim, mas... Caramba... De certa forma, Jack elevou um tanto minha autoestima. Acho que é por isso que me sinto derretida. Ilusões da autoestima. Essa porcaria de autoestima. Uma vez foi uma psicóloga no colégio e ficou lá por mais de um mês pra conversar com todo mundo. Ela me disse que eu precisava me valorizar mais, que minha autoestima estava baixa e até disse pra diretora conversar um pouco com meus pais – pra você ver como a confidencialidade entre médico e paciente é respeitada aqui... O que acontece é que, amanhã, as pessoas vão me zoar de novo, não só os Neil, e depois de amanhã... E depois... E na semana que vem... E parece que isso vai acontecer pra sempre...

Nessa noite, eu provavelmente terei pesadelos – penso enquanto vou pra cama e fecho os olhos aconchegada em minha cueca. E durmo.

* * *

Sabe, além de a diretora Ângela me deixar sair mais cedo, ela disse que vai tentar me deixar entrar mais cedo. Eu disse a ela que sair da escola mais cedo já estava de bom tamanho porque, se é pra receber os babacas, eu posso pelo menos chegar depois deles. Não ficar lá esperando por eles, tipo "dã".

No dia seguinte, assim que cheguei na escola, o seu Dito – o inspetor que fica no portão – disse que Ângela queria falar comigo na sala dela.

– E você sabe de alguma coisa? – perguntei pra ele, meio confusa.

– Do jeito que essa escola anda, deve ser algo bem útil – disse seu Dito, com uma pontada de ironia.

Atravessei o pátio até chegar nos poucos degraus que davam para dentro da escola, segui para o corredor de paredes brancas e retratos esquisitos. Dessa vez não sentei no banco de madeira e esperei. Bati na porta.

– Entra – ouvi.

Abri a porta e entrei.

– Que foi? – sentei.

Eu confesso. Me sinto um pouco íntima, ou acostumada, com nossos encontros.

– Ontem o sr. Neil veio falar comigo – a diretora começou, muito séria, com seus óculos na ponta do nariz e mãos cruzadas em cima da mesa. – Aconteceu alguma coisa ontem?

– Os filhos babacas do senhor Neil vieram me atazanar, e aquele aluno novo me deu uma força – respondi, encolhendo os ombros de um jeito que fez a alça da minha blusa cair.

– O Jack? – a diretora Ângela me perguntou. – Jack brigou com eles?

– Não, não teve uma briga. Mas teria, se Jack não tivesse aparecido.

A diretora deu um grande suspiro. Eu sei que ela toma a responsabilidade dessas coisas, e falar que foi Jack quem impediu – e não alguém da escola – é como uma ofensa.

– Mas – a diretora suspirou – você também não colabora, olha as roupas que você veste, olha como você se arruma... Essas coisas *atraem* a maldade de algumas pessoas.

Como é que é? Devo ter feito uma cara que berrou essa pergunta.

– O seu estilo... – a diretora continuou, com cuidado e sentindo um pouco de *pena* –... meio roqueira... É legal, sabe..., Laura, você é linda. E ainda vai continuar linda se comprar o uniforme da escola.

– Ah, agora sou linda – deixei escapar, inconformada, e me levantei. – Sabe por que eu estudo nessa porcaria de escola? Porque meus pais pensam que estão fazendo algo bom pra mim, e, de repente, pro meu futuro, é. Quando eu sair daqui, não vou querer a porra de um uniforme de lembrança.

– Laura, eu não admito... – a diretora começou, séria.

– Não é você que assiste às aulas – cortei, irritada, e saí.

Tive a sutileza de não bater a porta, mas... Cara, que droga! A diretora Ângela geralmente é legal... Mas daí vem o senhor Neil e ela tem que ficar com o rabo entre as pernas porque ele tem dinheiro.

Ai que raiva desses *playboys*.

Respiro fundo enquanto desço os degraus até o pátio. Quando entrei nesse colégio tudo era tranquilo – eu não tinha amigos, mas também não tinha inimigos – os irmãos Neil entraram uns meses depois de mim. Eu não sei por que Giulia cismou comigo, e Arco e Toby estão sempre atrás dela. Giulia sempre pareceu a líder de uma gangue. Ela estala os dedos e lá estão os irmãos.

Giulia é uma das meninas mais bonitas da escola, se não for a mais – dizem – mas é tão bruxa por dentro que não consigo achar ela bonita. E eu sei que os outros moleques falam mal de Arco e Toby por trás, é ridículo dois caras seguirem uma patricinha como se fossem cães. A verdade é que eles também não têm muitos amigos. As pessoas sentem, sei lá, medo deles. Mas eles não mexem com os outros, eles mexem comigo.

No começo, eram apenas provocações. Apelidos, xingamentos que logo se transformaram em ameaças. Era um tal de "vou te dar uma surra" pra tudo. Se eu aparecesse com o mesmo moletom no dia seguinte, ou com o mesmo jeans, ou se eu me sentasse em uma certa parte do refeitório. Nunca dei bola pra essas ameaças, Giulia é mais baixa que eu – e isso é meio impressionante, talvez ela seja um robô – e os irmãos, eles, ah, são uns idiotas. Giulia uma vez sentou perto de mim numa prova, depois me acusou de estar colando dela. Foi tão ridículo perder a prova que na prova seguinte, quando ela sentou perto de mim, mudei de lugar por pelo menos três vezes, e, todas as vezes, ela foi atrás para sentar perto.

Isso porque ela que é uma trouxa que precisa de cola. Um dos meninos mais brincalhões da sala disse quando a professora entrou: "Acho que é a Giulia quem cola, professora". As pessoas deram risada pela imitaçãozinha que ele fez dela. Acho que a Giulia pensou que a culpa foi minha, sei lá. Não gosto de lembrar essas coisas.

Me empurrar, jogar meus cadernos no chão, me encharcar com algum refrigerante, qualquer coisa que seja humilhação pública parece que a faz se sentir bem. Mas anteontem foi a primeira vez que Arco e Toby fizeram alguma coisa – me empurraram contra uma árvore – e depois Giulia me chutou.

Eu não sei por que ela fez isso, talvez não tenha um motivo e, quer saber? Não importa. E eu não falei pra Ângela porque não foi na escola que isso aconteceu, então...

Sinto uma lágrima brotar em meus olhos e escorrer no meu rosto. Acontece coisa pior com tanta gente... Até me sinto idiota de me sentir mal com essas provocações imbecis.

Desci as escadas e entrei no banheiro feminino. Meu reflexo até que me agrada. Eu gosto dos meus olhos, eu gosto da minha pele – mesmo que ache branca demais – e eu gosto do meu cabelo. E eu gosto do meu corpo. Meio magrelo demais e sem muitos atrativos, mas... Bom, corpo geralmente é uma coisa bonita de se olhar.

Abri a torneira e lavei o rosto só com água, depois voltei a me olhar no espelho. Agora pareço um pouco vermelha. Saí bocejando do banheiro bem quando bateu o sinal, e caminhei para a fila, sonolenta.

Ao me aproximar das turmas fazendo fila diante de seus professores, eu tive que diminuir o passo para dar tempo dos atrasados-que-atrasam-para-parecerem-atrasados-e-rebeldes chegarem correndo na minha frente e eu ser a última.

A diretora ditou alguma mensagem de compaixão, como se alguém fosse prestar atenção ou como se isso fosse algum dia ter o poder para mudar a vida das pessoas, e fez a oração. Então fomos.

Caminhamos para a sala cruzando com a fila de outras turmas. Um menino gritou "que sexy!", outro perguntou alguma coisa sobre preço e outra menina deu uma risada exageradamente alta.

Todos se sentaram, e então me sentei. Na última carteira. Porque eu realmente decidi que não vou deixar cuspirem bolinha de papel no meu cabelo de novo. Mas hoje sentei num lugar diferente, a última carteira na parede e perto da janela. Pude perceber Giulia lá na frente, fazendo seus cabelos ondulados e longos balançarem enquanto ela me procura com o olhar.

Sabe, eu sempre achei muito idiota quando alguém ri e uma pessoa cisma que é com ela o problema. Mas eu aprendi que, sim, é comigo o problema. Então se ela está procurando alguma coisa, com certeza sou eu. Se ela rir de alguma coisa ou de alguém, sei que é de mim.

Giulia é... bonitinha. Veste roupas moderninhas. Tem cabelo longo e castanho, o que é estranho, porque geralmente pessoas de cabelo castanho são ou meigas, ou muito chatas, ou excluídas, mas não maldosas.

É a minha visão de cores de cabelo, pelo menos. Por exemplo, as ruivas têm aquela coisa de ficarem vermelhas quando ficam com vergonha, elas fazem parte de um grupo separado e único de seres humanos, e é por isso que quando as pessoas olham uma ruiva ficam tipo "Olha! Uma menina ruiva! Será que o cabelo dela é natural?". As loiras não são levadas a sério, nem que tentem. Parece que vão ser vistas como intocadas para sempre. Ou delicadas. Ou menininhas. Mas nunca, nunca, terão o mesmo efeito de uma menina de cabelo preto. Meninas de cabelo preto me dão raiva, porque elas parecem maduras e seguras, inteligentes, e muitas vezes caras legais caem nessa da aparência mesmo quando a morena é uma mongoloide.

Bom, eu sou ruiva agora. Não de cor natural, de farmácia, mas ainda assim meu cabelo é vermelho. Vou retocar a cor da minha sobrancelha hoje, na embalagem de tinta estava escrito que era recomendável passar apenas no cabelo e não nos demais pelos espalhados pelo corpo, mas vou passar na minha sobrancelha porque... Porque sim.

Porque minha sobrancelha não é... Escura.

Malditas morenas.

Mas pelo menos as morenas ficam feias quando pintam o cabelo de qualquer cor que não seja escura.

É o que eu penso. Não que eu vá deixar de ser amiga de uma morena, ou que eu vá chutar uma morena, ou xingar uma morena, ou derrubar o material de alguma morena no chão.

Alguns detestam cristãos, alguns detestam gays, eu detesto morenas e fim de papo.

A professora começa a passar alguma coisa no quadro-negro quando a sorte sorri pra mim. Quando o som de três batidas ecoa pela sala, todos os alunos olham em direção à porta. Parado nela está o professor Walton, de educação física, perguntando se ele poderia dar aula no primeiro período.

Diferente das excluídas normais, eu gosto de educação física. Porque eu sofro *bullying* e não algum tipo de masoquismo ou sadomasoquismo. Desde que os irmãos Neil entraram na escola, a educação física se tornou uma aula de tortura. Mas eu fiquei sentada na arquibancada vendo Giulia mexer sua bunda molenga? Eu não. Eu quis jogar. Eu treinei. Vim até pra escola de tarde.

Caminhei tranquila até a quadra. Eu tinha me tornado tão boa que não era mais a última a ser escolhida. Lá na educação física eu não me sentia ameaçada, Giulia podia me acertar quando quisesse e isso seria dado como um acidente.

Mas... Eu também podia.

E era muito engraçado encarar Giulia na educação física porque... Porque Arco e Toby não estavam lá. Eles eram de turmas diferentes e não importa quantas vezes Giulia estralasse os dedos, não tinha o mesmo poder que tinha na hora do intervalo.

Prendi meu cabelo e caminhei até ficar perto do professor.

– Ah... escuta, Laura. Talvez seja melhor você não jogar hoje – ele disse, sem jeito – Além do que, é vôlei, você nem gosta.

– Claro que gosto! – respondi quase de imediato, inconformada. – E eu sou boa! Você sabe que eu sou boa!

– Tá, eu sei – ele admitiu em voz baixa. – Mas acontece que Ângela me avisou que a briga entre vocês está ficando feia.

– Então tire Giulia do jogo! Ela é uma m...

– Você pode jogar se prometer não se vingar daquilo que ela te fez.

– Posso saber do que exatamente estamos falando? Porque nada de novo aconteceu – respondi com ironia.

– Do que aconteceu fora da escola. Não é assunto da escola. Mas mesmo assim.

– Vou ser boazinha – prometi, querendo encurtar a conversa.

– Então vai, essa é a minha garota! – o treinador deu dois tapas em meu ombro e me deixou ir.

Caminhei para perto das outras meninas, duas delas já estavam escolhendo.

– Aqui, Laura! – uma delas gritou antes que eu me misturasse com o restante.

– Que belezinha, Laura – Giulia disse, de braços cruzados e sobrancelhas arqueadas. – Agora que notei, suas sobrancelhas são iguais às da sua mãe.

Duas meninas atrás delas riram, e continuaram rindo enquanto Giulia foi para o time adversário. Mas eu acho que elas não entenderam bem o que Giulia disse. O que eu entendi foi que ela falou das minhas sobrancelhas, porque minha mãe é loira, e ninguém na minha família tem o cabelo vermelho. Claro que ela tá tirando sarro por estar meio esquisito, mas ainda não tenho certeza de que aquelas meninas entenderam.

Fiquei tão presa pensando se aquelas meninas tinham alguma noção do que estavam rindo, que perdi o tempo de responder qualquer coisa para Giulia.

Uma vez divididas, fomos para nossos devidos lugares.

Eu adoro essa sensação de estar na quadra, de fazer parte de um time. Nenhuma menina ali era minha amiga e só me escolheram porque fui melhorando ao longo do tempo, mas mesmo assim. E por mais que a sensação de fazer parte de um todo seja boa, seria hipocrisia dizer que "faço o melhor por meu time", não dou o melhor de mim para impressioná-las, tanto quanto não ligo se ganhamos ou perdemos.

Eu jogo porque posso descontar toda a minha raiva na bola. E às vezes isso quer dizer que consegui marcar um ponto.

Giulia arremessou a bola e eu dei uma manchete, direto para a garota a minha direita, que deu um toquinho, e eu, de novo, dei uma cortada para a outra quadra. Ali fizemos um ponto.

Os jogos sempre começam com pessoas gritando "é minha!", mas ao longo do jogo só gritam aquelas que querem aparecer, porque vira uma sequência. Até fazer pontos ou perdê-los parece fazer parte de uma equação circular.

Acho que no vôlei existem três fases. A primeira é a da emoção, oba, um novo jogo! A segunda, é essa que todo mundo já sabe o que vai acontecer; e a terceira, é quando eu começo a sacar e fazer pontos, e parece que só existem eu e a Giulia na quadra.

O objetivo do vôlei é fazer pontos para vencer, mas me sentiria vitoriosa de verdade se eu acertasse a Giulia, porque ela é meu alvo, tanto quanto eu sou o dela. Ali ela é do outro time.

Ela não pode cruzar a rede e vir até mim, como não pode deixar de prestar atenção no jogo pra fazer alguma piadinha. Eu queria que na sala de aula tivesse uma rede separando a turma.

Eu estava salva ainda por mais duas aulas, mas pensar na hora do intervalo coincidiu com o momento da bola tocar a palma da minha mão.

E ali aconteceu o desastre.

Ou melhor, o acidente. Eu havia mirado bem na testa da Giulia. Se ela tivesse dado um passo pro lado, a bola teria ido pra fora e não teria acertado nela. Parece que foi forte, ela se desequilibrou e caiu para trás.

Puta da vida.

As demais meninas do outro lado da rede correram formando um círculo em volta dela. Os meninos que estavam prestando atenção se levantaram da arquibancada e começaram a vaiar.

Quando o professor Walton chegou perto de Giulia, ela já estava de pé. Havia levantado com a ajuda de duas meninas e parecia estar com muita tontura.

Ouvi algumas meninas do meu time soltarem exclamações como se elas que estivessem sentindo dor, e depois, quando o professor gritou, elas abandonaram suas posições:

– Meninos, agora!

Saí da quadra e caminhei até onde Giulia e o professor estavam.

– Desculpa aí – disse.

Giulia olhou para mim e rosnou. O professor teve que colocar a mãozona no ombro dela para que ela não se levantasse e começasse a gritar comigo.

– Laura, por que você não vai tomar um ar? – o professor sugeriu, com olhar feroz.

– É uma boa! – concordei forçando um sorriso.

Passei pela minha mochila e a joguei nas costas. Saí da quadra e subi as escadas para o pátio. Na minha escola não tem essa de ter tempo de tomar banho depois da educação física, nem armário para roupas de ginástica, porque nem temos roupas de ginástica.

Eu gosto de estar no pátio quando ele está vazio. É tão relaxante. Claro que nunca fica realmente vazio, as faxineiras estão sempre por ali, varrendo ou conversando com a moça da cantina, os estagiários, que aproveitam a folga quando Ângela sai, o seu Dito e um aluno ou outro que vai ao banheiro ou sai para beber água. Mas ainda assim é bom. Nenhuma dessas pessoas tem o menor interesse em saber por que não estou em aula, se eu não fizer bagunça.

Só depois de dois segundos sossegada e respirando ar fresco que percebi. Eu estava ferrada. Tão ferrada. Tive a sensação que sentar na última carteira nas próximas duas aulas não iria me salvar. Tive a impressão que Giulia organizaria uma tropa de meninas da nossa sala e que me acusaria de ter feito de propósito. Imaginei que até o sr. Neil viria conversar comigo depois dessa.

Ah, espera, aí estão os sintomas.

Eu estou com *medo*.

Meu corpo nem esperou os comandos do meu cérebro para começar a se mexer. Os funcionários notaram que eu atravessava o pátio, mas acho que pensaram que eu estava indo para a diretoria de novo, já que não mexeram comigo.

Na realidade o que vou fazer é tentar me esquivar para trás do prédio da escola. Tudo bem que na secretaria tem uma enorme janela de vidro, mas ainda é muito cedo e provavelmente os estagiários se esqueceram de abrí-la. Eu devia fazer amizade com algum estagiário, seria muito útil.

Uma vez, atrás da escola, em um ângulo sem janelas, pulei o muro.

Respirei fundo. O jeito agora é andar para o barzinho da sinuca e tratar bem o meu estômago pelo resto do dia.

O barzinho da sinuca fica a três quadras da escola, é um lugarzinho legal, várias vezes o dono – Tio Sam, como gostamos de chamar o Samuel – me escondeu quando a Ângela, muito enxerida, veio perguntar se eu estava por ali.

Tentei andar rápido, mas a canseira do jogo e o suor frio do medo me pegaram. Quando entrei, vi que Jack – um dos garotos que jogavam sinuca – não me viu. Cumprimentei Tio Sam e pedi um rissole de presunto e queijo, e um refrigerante de limão. Sentei na mesinha costumeira e fiquei observando Jack jogar.

Junto com ele estavam mais um garoto – baixo e magrelo – e duas garotas, uma loira e uma morena, mas uma morena e uma loira bem estilosas. Minha comida logo chegou e dei uma mordida, Tio Sam comentou alguma coisa a ver com a escola, respondi com um sorriso de boca cheia.

Fiquei observando Jack, ele deve ter sentido a vibração do meu olhar porque não demorou muito e lá estavam aqueles olhos intensos virados para a minha direção.

– Oi, Laura! – ele sorriu.

Acenei, tomando um gole rápido de refrigerante.

– Oi, Jack – respondi.

Que bom que eu não fiquei na escola. Jack não ia estar lá hoje para me defender na hora do intervalo.

Ele se aproximou com um copo de plástico na mão, percebi que tomava cerveja.

– Matando aula?

– Para sobreviver! – respondi, tentando parecer animada e natural.

– Por quê? – Jack riu de uma forma que achava a situação boba – Por causa daquela patricinha idiota?

– Bom... – eu ia explicar a história, mas de repente achei melhor não. – É.

– Bom você sabe o que fazer pra isso parar, não sabe?

– Não – respondi, direta.

– Você tem que namorar um cara fortão, com cara de mau, que usa camiseta de banda e que tenha cabelo comprido, de preferência.

Foi então que eu reparei que ele vestia uma camiseta do AC/DC.

Não aguentei e dei risada.

– E que tenha uma turma da pesada! – gritou a menina morena que jogava sinuca com eles.

Ri mais.

– Jack, enjoei de jogar – a menina loira de repente estava do nosso lado. – Marc é um parceiro idiota.

– Quer jogar? – Jack perguntou pra mim, erguendo as sobrancelhas enquanto formava um sorriso.

– Mas eu não sei!

Então aconteceu aquilo que eu acho sexy e ao mesmo tempo muito constrangedor. Jack me pegou pela mão e me levou até a mesa, me deu seu taco e guiou minhas mãos para que eu passasse giz.

– Você tem que ficar assim...

Colocou a mão na minha cintura e puxou para trás, eu me inclinei e ele se inclinou atrás de mim, manuseou meus dedos para que ficassem na forma certa. Com a outra mão, levou a minha para que eu apertasse o taco com força. Ele se endireitou e então percebi que deveria tentar. Acertei a bola branca, que acertou em uma bola vermelha que explodiu outras mais.

Não sei se acertei uma bolinha par ou ímpar, eu na verdade nem vi o número.

Mas curti.

– Isso! – Jack aprovou.

Foi legal, mas devolvi o taco para Jack e voltei para o meu salgado e refrigerante. Sem me sentar, dei mais uma mordida.

Jack olhou pra mim, como se tentasse me alcançar. Aquilo era uma sensação nova, prazerosa, eu não tinha entendido bem o que ele tinha dito antes, mas com certeza havia tentado se aproximar.

Gostei da sensação. Aliás, também gostei da sensação do que aconteceu na mesa de sinuca, o que foi aquilo?

– Ei... – Jack se aproximou, uma mão segurando seu taco e a outra na nuca, e então seus cabelos foram um pouco mais para frente, de uma forma que seu rosto ficou meio escondido. – Você quer conhecer o meu estúdio de tatuagem?

Senti a vibração de olhares para mim. A loira e a morena se entreolharam de uma forma como se não tivessem gostado do que tinham ouvido, e trocaram algumas palavras em inglês ("*she's just a kid*", algo desse tipo) que eu não entendi. Senti que talvez não devesse ir, mas eu não era parte do grupo para entender o que aqueles olhares significavam.

Sem contar que eu ia ter que inventar alguma coisa pra fazer de manhã.

– Por que não? – sorri para Jack e joguei minha mochila nas costas.

Dei um tchauzinho rápido para aquele pessoal e, enquanto Jack se despedia, joguei o papel do salgado e o refrigerante no lixo. A parte educada de mim queria dizer "prazer em conhecê-los" porque eu ainda acho essa frase bonita para se dizer, mas eu achei melhor não, talvez eles achassem bonita *demais* e eu não queria que rissem de mim.

Tipo assim, na frente do Jack.

Andamos para fora do barzinho e ele deu alguns passos saltitantes para um carro velho e meio vermelho estacionado no meio-fio.

– Você tem um carro só seu?! – Perguntei, admirada.

Pera lá, ele já pode dirigir?

– Meu e do meu irmão – ele respondeu sorrindo, destrancou a porta do passageiro e entrou no lugar do motorista.

Entrei também.

– Que legal! Mas você pode dirigir? Quantos anos você tem? – perguntei, querendo saber se, caso a gente sofresse um acidente, eu seria socorrida ou presa.

Não que, se caso ele não tivesse carta ou idade, eu fosse sair do carro ou algo assim.

– Eu tenho dezoito – ele respondeu, sem se dar conta do foco da minha pergunta, ou talvez não querendo dar importância. – E você?

– Quinze – Respondi. Se ele tem 18 ele já não deveria estar fora da escola?

– Essa é uma excelente idade! – Ele disse e riu.

Talvez esse tenha sido um daqueles momentos em que as pessoas dizem algo e lembram-se de uma experiência. Então ele começou a dirigir e conversamos algumas coisinhas, falei das minhas sobrancelhas quando as vi no espelhinho do carro e ele disse que não eram assim tão claras, mas depois de uns minutos sentada ali comecei a ficar muito insegura.

Eu estava indo para um estúdio de tatuagem, será que ele ia me dar uma tatuagem?

Paramos. Ou melhor, ele estacionou o carro. Descemos em frente a um tipo de sobrado casa/loja. Imaginei que a porta abaixada fosse do estúdio, e a porta normal de madeira fosse da casa de alguém.

– A casa em cima é de vocês? – perguntei, querendo puxar conversa.

– É sim – ele sorriu se aproximando. – Você quer conhecer? Pode ser um pouco mais divertido do que ir ao estúdio.

Senti que alguma coisa estava escondida por trás daquelas palavras, mas não entendi direito o quê.

– Pode ser – sorri. – Mas depois você me mostra o estúdio!

– Fechado!

Ele destrancou e abriu a porta, subimos uma longa escada e então eu parei para admirar o local. Não consigo definir se é pequeno ou espaçoso, mas com certeza é muito bagunçado.

– Laura... – ouvi.

E quando me virei para ver o que ele queria, ele me beijou. Ele não só me beijou como também me encostou na parede segurando forte a minha cintura. Percebi que ele queria me levantar.

Me pegou no colo como se eu fosse uma pena e voltou a me encostar na parede sem parar de me beijar. Andou alguns passos me segurando e então entramos em um cômodo onde ele me jogou numa cama. Foi então que eu afastei meu rosto e perguntei assustada:

– Por que está me beijando?

Ele deu um sorriso maroto e respondeu:

– Eu não estou só te beijando, eu estou prestes a tirar a sua roupa e fazer você explodir.

Até eu entendi essa.

– Ah, não... Jack. Eu não quero fazer aquilo... assim – respondi com cuidado.

– Isso vai ser muito difícil porque eu tenho uma supertara por ruivas – Jack respondeu beijando meu pescoço.

– Eu sou virgem! E até poucos segundos atrás você foi quem me deu o primeiro beijo da minha vida! – deixei escapar de uma vez, morrendo de vergonha.

Jack parou de beijar o meu pescoço e voltou a olhar para mim, fundo nos meus olhos:

– Verdade?

– É.

– Não tem problema, eu lavo os lençóis amanhã – ele disse e voltou me beijar. Eu não sabia que se podia ter força num beijo a ponto de ser muito difícil se desvencilhar ou até respirar depois de um tempo.

Eu não sabia se ria ou se chorava.

– É que eu não quero transar agora – disse, no momento que ele se afastou.

Jack me olhou de uma forma estranha.

– Você quer dizer agora, *agora*? Quer dizer que a gente ainda vai se ver de novo pra dar uns amassos?

– Tipo começar a ficar? – perguntei, confusa.

Meu Deus.

– É, ué.

– Mas por quê?! – tive que perguntar, aquilo não fazia o menor sentido.

– Laura... Eu não sou o cara bonzinho, sabe, o mocinho – ele me respondeu aos poucos. – Sãos os príncipes que esperam a paixão aflorar, só vão dar o primeiro beijo séculos depois de se conhecerem e só transam depois do casamento. E aposto que só fazem papai e mamãe. Eu estou mais para o sapo que quer beijar a princesa logo e pular logo pra próxima fase.

Precisei de alguns segundos pra processar o que ele tinha acabado de dizer. Sem contar que eu não sei o que significa "papai e mamãe".

– Uau. Parece que você tem uma veia literária – falei, sem saber o que dizer.

Então ele riu alto e saiu de cima de mim, sentamos na cama.

– Minha mãe lia contos de fadas pra mim e pro meu irmão, ela defendia que todas as coisas que envolvem infância são assexuadas – ele me contou com um sorriso largo, como se não tivesse vergonha.

– Concordo com ela – sorri. – Como ela se chama?

– Sarah. Mas ela morreu quando eu era mais novo – ele respondeu, diminuiu um pouco o sorriso, mas não totalmente.

– Eu sinto muito – respondi, mordendo o lábio. É tão difícil quando a gente faz uma pergunta sobre alguém e esse alguém já morreu.

– Não sinta. São coisas da vida, não foi como se ela tivesse sido assassinada, ela pegou uma doença e morreu.

Observei enquanto ele se movia na cama, deitando num travesseiro e abrindo os braços pra eu deitar do seu lado, coisa que eu fiz, mas me perguntei se o braço dele não ia começar a doer dali a pouco.

– E o seu pai?

– Ah, meu pai... Você sabe como é a maioria dos pais. Eles acham que a parte deles é só gozar dentro da mulher.

Dei uma risadinha do jeito que ele falou e então acho que ele percebeu que eu não sou a mais acostumada do mundo ao ouvir palavras daquela.

– Sabe, Laura... – ele olhou fundo nos meus olhou e passou a mão no meu cabelo – eu não posso te prometer um quarto chique de hotel, com rosas espalhadas e velas acesas na sua primeira vez, se for comigo a sua primeira vez. Eu só posso te prometer que não vai ser ruim como a da maioria das meninas. Quando te perguntarem com quem você perdeu a virgindade – porque eu acho que garotas falam sobre isso – e você responder "com o Jack", todas elas vão morrer de inveja, dar aqueles gritinhos esganiçados e depois se lamentarem que a delas não foi tão boa.

Ri.

– Engraçado vai ser se alguma delas de fato perdeu a virgindade com você, além de mim.

Jack fez uma careta. E depois de alguns minutos de silêncio ele me perguntou:

– No que está pensando?

– Que você vai me largar depois que a gente transar – respondi e ri.

Ele riu também e me beijou.

– Te largar quando a gente finalmente transar? Eu não! Só vou ter largar depois de a gente ter transado umas quinhentas vezes, e isso leva tempo, viu?

Naquele momento eu tive a sensação que aquilo seria a coisa mais romântica que eu ia conseguir arrancar dele. E o beijei.

– Agora eu quero ver seu estúdio!

– Mas já fiz com você aqui em cima o que eu queria fazer lá – respondeu, rindo e meio manhoso. – Outro dia eu te levo lá, vai ser mais legal você ver quando estiver aberto. E arrumado.

– Então tá bom – respondi, rindo.

Na verdade, estava muito na cara o que ele queria, fui eu quem não percebeu. Mas não vou me culpar por causa disso, não vou ter o meu primeiro beijo e depois disso achar que sou muito experiente e que tenho a obrigação de saber o que os rapazes pensam, como muitas fazem.

Vou curtir o momento, vou curtir Jack, aproveitar que encontrei uma pessoa que tem vontade de me curtir também. Eu acho que até tem uma pesquisa científica que mostra que as garotas da minha idade se sentem feias e indesejáveis, mas acho que garotas de todas as idades se sentem assim às vezes. Mas dizerem que você é bonita, ajuda.

Quando acordei naquela manhã meu diário ainda estava aberto em cima da cama. Adormeci enquanto escrevia e dei graças a Deus pela a caneta não ter estourado, já que dormi com ela em cima da cama.

Não deu dois segundos para a minha mãe entrar no meu quarto depois de ter dado leves batidinhas na porta. É assim, na minha casa ninguém bate na porta pra pedir pra entrar, é só pra avisar mesmo.

– Bom dia – ela sorriu pra mim, sentando na cama.

– Bom dia, mãe – sorri de volta.

– Fiquei sabendo que você não foi vista no intervalo da escola ontem.

– Mas eu não matei aula! – me exaltei. – Bom, mais ou menos. Eu fui pra escola, teve educação física, eu acertei a Giulia sem querer e... fiquei com medo e fugi. Simples assim.

– É, fiquei sabendo também – respondeu, arqueando as sobrancelhas. – E por que você não veio pra casa?

Depois que eu me toquei. Estar envolvida com o primeiro garoto de fato significava algo na minha casa!

– Porque eu fui para aquele barzinho perto da escola comer alguma coisa e tinha um garoto lá que me defendeu outro dia na escola... – respondi aos poucos. – E meio que ele me beijou. E meio que decidimos... começar a ficar.

Minha mãe me olhava com os olhos arregalados.

– Sério?

– Aham.

Então ela me abraçou forte prestes a chorar de emoção.

– Parabéns, filha! Hoje quando você voltar da escola vai ter uma surpresa! Mas, viu... – ela me soltou e olhou fundo nos meus olhos –, é um cara legal, né? Tem alguma coisa que eu precise me preocupar?

– Não! Quer dizer, ele é meio diferente...

– Pros padrões dessa cidade, Graças a Deus que ele é diferente – levantou da cama e foi até a porta. – Desça logo pra tomar café, tá?

– Tá bom!

Me levantei me sentindo outra menina. Um tipo de menina que já tinha beijado e, por muito pouco, não perdeu a virgindade também. Quando abri a porta do meu armário – me arrepiei com o rangido –, me perguntei se eu deveria colocar as roupas de sempre ou se eu deveria caprichar um pouco mais.

E daí, analisando bem as coisas, nem que eu quisesse caprichar um pouco mais, não poderia. Que tristeza. Mas acho que tudo bem; afinal, é só pra ir à escola... Jack não parece ser o tipo de cara que se arrumaria no dia seguinte porque provavelmente vai encontrar a menina que ele beijou ontem. Isso se ele for, será que ele vai matar aula de novo?

Bom, espero que não.

Afinal, eu ainda tenho que me concentrar em Giulia. Ontem talvez ela não tenha podido despejar a raiva em cima de mim, e pro meu azar talvez hoje ela tenha pensado em algo mais maligno. Ela não pode me agredir na escola, mas... Vai saber, né?

Optei por colocar as roupas de sempre, e então me olhei no espelho. Minhas sobrancelhas não eram tão claras assim, mas sobrou um pouquinho de tinta... Acho que vou pegar um rímel velho que tenho e aproveitar aquela parte da embalagem pra acertar a cor. Não deve ser difícil.

Desci pro café da manhã depois dos retoques na sobrancelha – que não ficaram ruins – e descobri que estava morrendo de fome. Me sentei com a minha mãe, meu pai, meu irmão e minha irmã, dei bom dia e peguei um pão, enchi a xícara com mais café que o normal e coloquei leite.

– Nossa, quanto apetite! – brincou Claud. – Se você fosse a Alice eu diria que está comendo por dois!

Ri – embora Alice não tenha achado a menor graça. Aquela manhã estava sendo gostosa. Mas a dura realidade não pode ser esquecida, eu realmente precisava ir pra escola.

Ir pra escola não deveria ser um terrorismo, deveria ser algo estimulante para que víssemos nosso futuro (o futuro dos estudantes) de uma maneira mais ampla e possível. Mas é. A escola ser algo estimulante está em alguma utopia muito distante.

Me distraí no caminho pra escola e comecei a pensar em coisas que não eram o Jack, mas quando cheguei no portão da escola lá estava ele, me esperando. O seu Dito estava com uma cara de aborrecido – provavelmente ele mandou Jack entrar umas trezentas vezes e ele não quis.

Sorriu pra mim. Meu coração fez tum.

Ele veio em minha direção enquanto eu alcançava a calçada da escola e me abraçou forte, de um jeito bem gostoso e que me fez corar, confesso. Segurou meu rosto com as duas mãos e me beijou nos lábios, e eu também confesso que demorei alguns segundos pra reagir até entrelaçar meus dedos em seus cabelos respondendo o beijo.

Ali, na frente todo mundo.

Sorri pra ele.

– Bom dia – ele me disse.

– Bom dia – respondi e então ele passou o braço pela minha cintura e foi assim, abraçados desse jeito, que entramos na escola. – Que legal você me esperar aqui na frente, eu sinceramente não imaginava isso.

– Ah – respondeu como se quisesse deixar aquilo cotidiano. – Uma amiga me disse que garotas como você, geralmente gostam.

– Garotas como eu? – ri.

– É, sabe, novinhas, começando a sair com alguém...

Entendi.

– É verdade, sua amiga tem razão.

Sem falar que ainda era bem cedo e não tinha muita gente no pátio. Desde que horas ele estava me esperando?

Caminhando pelo pátio, ele me conduziu até um dos bancos velhos que ficavam pelos cantos – perfeitos para aqueles raros momentos de tranquilidade ou para alguém comer sossegado na hora do intervalo – e meio que sorriu de uma maneira estranha.

– O que foi? – Perguntei.

– Ah... É que... – ele começou, como se não soubesse o que dizer – eu não sei fazer esse tipo de coisa direito...

– Que tipo de coisa? – perguntei, preocupada e ficando um pouquinho paranoica.

– É que, na verdade... Eu tenho um pouquinho de medo de fazer uma besteira que você não esteja acostumada e você me dar um fora. Porque... por mais que eu já tenha tirado a virgindade de não sei quantas, você é a primeira menina BV que eu fiquei.

Dei uma risadinha de alívio:

– E como você sabe?

– O que isso quer dizer?

– Vai ver que você tirou o BV de uma menina e só não sabe – respondi, básica e simples como um dicionário on-line.

Então Jack riu e colocou as minhas pernas em cima das dele. Aproximamos o rosto a ponto de quase nos beijarmos, mas não... Não na escola. E foi quando tive esse pensamento que senti um olhar fervendo nas minhas costas – já que agora eu estava meio de lado, porque não é possível eu ficar paranoica a ponto de achar que até a parede tem alguma coisa contra mim.

Olhei em volta e depois tirei as pernas de cima de Jack para poder olhar direito para trás. Era Giulia, olhando para nós dois como se estivéssemos competindo por Jack, ou pior, como se estivéssemos usando a mesma roupa cara e de marca.

Porque eu acho mais fácil algum dia eu usar uma roupa cara e de marca do que ela usar uma sem marca, que tenha custado uns vinte Reais e que não dure nada.

Senti alguma coisa diferente naquela hora, como se eu quisesse que ela viesse até mim. Mas não sei explicar se é porque eu me sinto segura ao lado de Jack ou se é porque eu quero ver se algo vai mudar depois de eu começar a sair com ele, já que somos da mesma escola. Na dúvida, continuei olhando de volta para ela.

– O que acontece entre vocês, na real? – perguntou Jack, de repente e me assustando um pouco.

*Je ne sais pas...*

– Não sei – respondi voltando meu olhar pra ele. – Que eu saiba, eu nunca fiz nada pra ela. Acho que meninas como ela brincam com os outros por diversão.

– Que perigo – disse.

Então, Jack sussurrou baixinho, olhando na direção dela:

– Se algum dia ela morrer, vão achar que você é a culpada, viu? Vamos ter que matá-la de uma forma muito discreta.

Então eu ri. Alto, aliás. Jack também riu e se recostou no banco, relaxado e tranquilo... Olhei para ele com uma espécie de ternura que deve ter deixado ele meio atordoado, porque ele me perguntou em seguida:

– O quê...?

– Sabe que... – respondi aos poucos – não imaginei que você fosse do tipo grude, que ficasse aqui comigo... Achei que você ia estar com seus amigos.

– Eu não sou grude – ele pegou uma mecha do meu cabelo. – Quando você começar a ir comigo na casa dos meus amigos, não vou ficar só com você cada segundo porque, com certeza, você vai se enturmar. Mas não tem motivo pra eu ficar longe de você aqui, já que não tem mais ninguém que preste.

Mordi os lábios imaginando entrar na turma dele.

– Mas saiba que eu posso ser muito, muito, grudento em certas ocasiões – e me lançou aquele olhar safado de garoto malandro.

Fiquei com vergonha. Por sorte o sinal tocou, ocupando o lugar da minha resposta. Nos separamos, cada um foi para sua fila, ouvimos a oração matinal e caminhamos para nossas salas. Eu gostaria de saber se ele continua pensando em mim, mesmo agora indo para a aula, da mesma forma que penso nele.

Quando entrei na sala de aula já tinha um desenho esquisito na lousa, um coração gigante e, dentro dele, o desenho de um elefante e uma ratinha de saia. Hilário. Não dei bola, pelo menos àquilo eu sou superior.

Ou acho que sou. Ou tento, pelo menos. Acho que tento ser.

Sentei em minha carteira ao som de risadinhas e, quando a professora percebeu o desenho, meu caderno já estava aberto. Dois segundos depois aconteceu aquela coisa que os professores detestam e os alunos adoram: a diretora e o professor de educação física entraram na sala para dar um recadinho à turma.

– Ontem chegou ao meu conhecimento um acidente infeliz que aconteceu na aula de educação física – a diretora começou.

– A Laura acertou a Giulia – um moleque interrompeu.

– Na realidade deu até orgulho de ver aquela força! – outro garoto disse zombando e várias pessoas deram risada.

Até eu ri baixinho.

– Bom, eu tenho certeza de que a Laura só mirou errado – a diretora continuou falando.

– E pra ter certeza de que isso não vai acontecer de novo, eu e o professor decidimos que quem cometer tal... acidente... vai passar algumas aulas treinando cortadas na parede, para melhorar.

– Isso não é um treino, isso é um castigo – pensei alto.

E pensei alto demais, pelo visto. Todo mundo olhou pra mim esperando que eu dissesse mais alguma coisa. Coisa que eu fiz, meio sem pensar.

– Eu não acertei nela de propósito!

– Claro que foi de propósito! – Giulia se levantou, virando para mim e ignorando completamente a presença dos professores e da diretora.

– É você quem tem alguma coisa contra mim, e não o contrário – respondi sem tentar gritar, mantendo a calma como se aquilo não fosse nada.

E, de fato, não merecia minha atenção, mas estava me deixando bem nervosa.

– Meninas, calma – a diretora tentou dizer, mas ninguém a ouviu.

– É essa menina idiota que é uma afronta contra a escola! – Giulia continuou seu escândalo, agora ela olhava para a diretora. – Pinta o cabelo de uma cor berrante pra chamar a atenção, atirou uma bola em mim de propósito só porque ela se sente diferente e está namorando na escola!

Essa última frase pesou.

A diretora olhou para mim com muita dúvida:

– Está namorando na escola? Dcsdc quando?

– Desde hoje – Giulia respondeu.

– Não perguntei pra você, sente-se agora – a diretora ordenou.

Giulia ficou vermelha, mas se sentou. A diretora (santo Deus, como é mesmo nome dela? Ah é Ângela) olhou pra mim e eu só encolhi os ombros. Então me levantei e andei calma até ela, cortando o silêncio e a tensão dos alunos com meus passos.

– Viu só, *eu* te respeito – disse baixinho só pra Ângela ouvir. – Você nem teve que falar nada e eu vim de boa.

– Ah, respeita, sim – ela concordou com certa ironia – Vamos lá.

Caminhamos em silêncio para a diretoria. Eu até vi Jack bebendo água quando passamos pelo pátio, mas ele não me viu. Eu deveria estar preocupada, mas estranhamente não estou. Deve ser porque estou perdendo uma aula de matemática, sei lá.

Entramos na diretoria. Sentei na mesma cadeira de sempre (a da esquerda, às vezes até acho que já tem o formato do meu bumbum). E quando a diretora sentou senti que eu deveria começar.

– Um, eu não estou namorando. Dois, eu não fiz nada na escola que desse essa impressão.

– O seu Dito falou que viu você e o Jack se beijando hoje...

– Fora da escola – respondi, ficando muito brava. – E se todo mundo começar a pegar no meu pé porque existe um único aluno nessa escola que se importa comigo, eu vou tirar fotos de todos os casais que se amassam aqui escondidos de você, do seu Dito, e dos dois estagiários daqui.

– Você iria arrumar uma briga danada.

– Não... – respondi. – Ninguém gosta de mim mesmo, por que eu deveria tentar agradar essas pessoas? Eu estaria facilitando o seu trabalho.

– Bom... Não adianta conversar com você. Dê o fora daqui e quando voltar para a sala chame aquela metidinha da sua arqui-inimiga – Ângela se recostou na poltrona.

Fiquei satisfeita, apesar de tudo. Levantei e saí da sala da diretora como se nada tivesse acontecido, e quando terminei de descer as escadas para o pátio fui surpreendida por um sequestrador relâmpago que me tirou do meu caminho, me recostou na parede e me beijou.

– O que aconteceu? – Jack perguntou depois de me beijar, enquanto eu tentava respirar. – Por que foi pra sala da Ângela?

– Por causa daquela idiota da Giulia – respondi, me afastando um pouco antes que alguém definisse aquilo como "namoro dentro da escola". – Eles tentaram ser sutis, mas ela não deixou...

– É. Acho que vou precisar dar um jeito nela.

Estranhei. Algo me disse que aquilo não era bom.

– E o que isso quer dizer?

– Quer dizer que talvez eu saiba algo que possa deixá-la mais desconfortável do que ela te deixa, principalmente se todo mundo souber.

– E o que é?

– É uma longa história – Jack me beijou na testa. – Por que você não aparece lá em casa lá pelas sete horas e eu te conto?

– Pode ser – Achei que devia sorrir e sorri – Preciso ir.

– Vai lá – Ele piscou pra mim.

Eu avisei à professora que a diretora queria falar com Giulia e isso foi a única coisa de útil que eu fiz naquela aula, ou o que sobrou dela. Passei o resto do tempo imaginando o que Jack sabia sobre Giulia... Pensando bem, no dia que ele me defendeu ela disse alguma coisa sobre ele gostar de ninfetas.

Será que Jack e Giulia já tiveram alguma coisa?

Nas aulas seguintes eu meio que me esqueci do assunto, mas voltava a morrer de curiosidade toda vez que tinha algum tempo livre e, quando deu 11h30, e eu já estava liberada, não aguentava mais (não tive intervalo, tive que ficar na quadra treinando cortadas).

Era uma tortura ficar na escola sabendo que eu já podia ir embora, mas achei importante procurar o Jack para dizer que eu ia mais cedo – caso ele ficasse me esperando pra voltar comigo ou alguma coisa assim.

Quando meus olhos encontraram a imagem robusta de Jack, ele estava conversando com Giulia de uma maneira ameaçadora. Eu estava longe demais pra poder ouvir o que diziam, mas algo me aconselhava a não ir até lá.

Fiquei imaginando se ia até lá ou ia pra casa, e, por alguns segundos, vendo os dois conversarem, me senti meio sozinha. Jack não é – como ele mesmo disse – um príncipe grude, ele não vai ficar preocupado ou paranoico.

Então fui embora.

Voltei em passos mansos pra casa imaginando se deveria ter deixado a escola ou não, afinal de contas ele meio que pareceu preocupado quando eu saí da diretoria, aliás, ele me *esperou* sair.

Parei.

Olhei pra trás e vi longe os portões da escola, ele teria que esperar até meio-dia pra sair e, se eu tivesse demorado muito (para decidir se ia embora ou não), eu também teria que esperar, de qualquer forma, agora já saí. Então continuei andando...

Fiquei meio desanimada até chegar em casa, mas quando entrei e vi um almoço especial (estrogonofe, arroz e batata palha é muito especial pra mim!), e uma caixinha embrulhada em cima da mesa, e todo mundo olhando sorrindo pra mim, melhorei.

Eu tinha esquecido!

– Obaaa! – Eu disse enquanto me sentava rápido na mesa e pegava o embrulho com as duas mãos.

–Espero que goste – meu pai disse.

– Não é o mais caro e frufru de todos... – minha mãe foi dizendo.

– Não estraguem o presente antes de ela abrir – Alice interrompeu.

– Obrigada – eu disse pra Alice, arqueando as sobrancelhas.

Tirei o papel colorido quase com unhas e dentes, abri a caixinha sem tentar reparar no modelo desenhado e o contemplei: meu primeiro celular!

Não é mesmo um dos mais modernos, daqueles que a gente mexe com o dedo e tudo, mas é perfeito. É preto, tem o teclado todo separadinho, tem mp3 e câmera! Olhei pros meus pais como um gatinho olha para um atum e disse:

– Muito obrigada! – e eles sorriram em resposta.

– Estamos muito felizes por você, Laura – minha mãe disse. E isso porque Jack nem é, realmente, meu namorado. Mas tenho certeza que algum dia chegamos lá.

Comecei a mexer, meu número estava salvo em um rascunho de mensagem. Oba!

– Você pode mexer nele a tarde inteira – disse meu pai. – Vamos comer primeiro.

Almoçamos – comi dois pratos – e depois subi correndo para o meu quarto, liguei o computador e, enquanto esperava a manivela desemperrar, pulei na cama e comecei a mexer em meu celular novinho.

Acho que até vou pôr um apelido nele, vou chamá-lo de Léo. Coloquei esse o nome do Bluetooth: Tobby. Não, que babaquice, coloquei meu nome normal. Então coloquei o número da minha casa, de meus pais, Alice e Claud, com alguns pontinhos a mais pra ficar bonitinho. Preciso pedir o número do celular de Jack e de Miriam.

Liguei o computador e reparei que Miriam não estava *on*, que pena... Como eu não estou em nenhuma rede social, vou deixar pra ela uma mensagem *off-line* perguntando qual é o número do celular dela, deixar o meu e, claro: dizer que Jack me chamou pra ir pra casa dele hoje à noite!

Só resta um problema: o que eu vou ficar fazendo até lá?

Por mais ou menos três horas eu tentei me entreter com várias coisas: escrevi os acontecimentos do dia no meu diário (desenhei o meu celular nele), me diverti um pouco assistindo a uns clipes de música no computador, até fiz minhas tarefas da escola.

Então percebi que tinha uma coisa muito mais importante pra me preocupar.

Corri para o guarda-roupa e comecei a vasculhar as gavetas atirando as roupas no chão, rezando pra que eu não tivesse dado uma blusa embora; e, no fim da última gaveta, amassada e cheirando a guardado, lá estava ela: uma blusinha bonitinha que eu sinceramente não sei o nome científico – se é uma *baby look*, camiseta ou coisa assim – mas tem manguinha, é listrada em preto e vermelho e é compridinha.

Só tem um problema; bom, dois: está amassada e cheirando a guardado. E pra falar a verdade eu nem sei se ainda me serve.

Experimentei por alguns segundos, mas o cheiro de poeira estava tão forte que me deixou sufocada. Servir até que serve, mas não tem como eu ir pra casa do Jack assim.

Desci as escadas com a blusa na mão e a joguei no tanque, estralei os dedos diante da pior tarefa que uma pessoa pode ter: lavar roupa na mão.

Abri a torneira, molhei, e antes de banhá-la com detergente a minha mãe apareceu:

– O que você está fazendo?

– Ahn... – essa é uma daquelas perguntas que eu nunca sei se devo responder sério ou não. – Lavando uma blusinha que eu quero usar hoje à noite na casa do Jack.

– Com detergente?

– É?

– Deixa que eu faço isso – minha mãe me empurrou pra longe do tanque e tomou o meu posto. – Que horas você vai sair?

– Às sete.

– E vocês vão aonde?

– Acho que vamos ficar na casa dele, parece que uns amigos que ele quer que eu conheça vão estar lá – respondi, sem ser completamente honesta, mas vai que é verdade? – Não é longe daqui... Qualquer coisa, se ficar tarde, ele me traz.

– Juízo, viu? – minha mãe me lançou um olhar cuidadoso. – Vai escrever seu número na lista telefônica e na memória do telefone.

– Tááá bom.

Caminhei saltitante até onde ficava o telefone e, quando fui escrever, me dei conta de que ainda não tinha decorado o meu número, subi as escadas para pegar o celular e estremeci quando li:

1 nova mensagem

Apertei para ler quase pulando de alegria.

Número desconhecido:

Que legal que você tem um celular! Agora estamos conectadas o tempo inteiro! Você pode extrair o número para salvá-lo, não esquece de colocar aquelas promoções legais pra que os créditos durem bastante. Quero ficar sabendo de tudo do seu encontro depois.

Beijão!

Miriam.

Oba! Agora eu tenho o número da Miriam também!

– Laura! Anote seu telefone aqui, já! – ouvi os gritos de minha mãe e quase morri de susto, mas corri para anotar antes que eu esqueça mais uma vez e me meta numa encrenca danada.

Quando a hora foi se aproximando, tomei banho e vesti a roupa que eu queria e que, graças a Deus, já estava seca, me arrumei um pouco mais... Bom, passei creme no cabelo, o perfume da minha irmã... Essas coisas assim...

Deu mais ou menos seis e meia, pensei em ir saindo porque... Pensando bem, eu não sei direito onde fica a casa de Jack – confesso que quando eu estava saindo, tive que voltar pra pegar meu celular.

Mas quando finalmente abri a porta para sair, lá estava ele.

Ri enquanto caminhava até ele, me controlando para não falar muito alto para que as janelas de casa não se enchessem de rostinhos curiosos.

– Como você descobriu? – perguntei quando ficamos bem pertinho.

– Uma amiga me disse que essa era uma coisa legal de fazer – ele meio que franziu o rosto. – E descobri seu endereço na escola hoje.

– Uau. Que amiga é essa? – arqueei as sobrancelhas. – A mesma que te falou que era legal esperar na frente da escola?

– Hum... É. É que ela é uma grande amiga e meio que eu devo a ela, então... Estou querendo fazer certo com as duas.

– Ah – soltei sem saber o que falar. – Que bonitinho.

Ele sorriu pra mim o sorriso mais lindo do mundo. Tão de homem, mas tão de moleque ao mesmo tempo. Seus lábios grossos e carnudos se aproximaram dos meus e nos beijamos, de uma forma calma e serena, muito diferente do nosso primeiro beijo.

Apenas a ponta de seus dedos encostaram em meu rosto como se eu fosse de cristal e ele tivesse medo de me tocar, de me quebrar.

Quando a maravilhosa sensação de estar nas nuvens foi interrompida, entramos no carro e fomos. Eu meio que prestei mais atenção pra onde estávamos indo.

Ainda era meio cedo quando chegamos e não tinha ninguém em casa. Estranhei. Afinal Jack disse que tem um irmão e tudo...

– Qual é o nome do seu irmão, mesmo? – perguntei.

– Thomas – ele respondeu. – Ele foi comprar umas pizzas.

Então me lançou um sorriso safado, se aproximou de mim e beijou de uma forma intensa e rápida enquanto me grudava em seu corpo:

– Enquanto isso eu quero te mostrar uma coisa nova...

Andamos abraçados até o quarto dele e nos deitamos na cama, comecei a ficar nervosa com ele naquela posição em cima de mim.

– Eu vou te mostrar uma coisa, pra ver se você gosta – ele disse, meio carinhoso.

É meio estranho ouvir sons carinhosos vindo de Jack porque ele é todo grandão. Se eu fosse um garoto e ele me chamasse pra uma briga, certamente morreria de medo.

– Não... Não acha que estamos indo rápido demais? – perguntei, insegura e sentindo meu rosto corar como um tomate.

Ou uma maçã, que é mais apetitosa.

– Se você não gostar eu paro, por mais que eu ache que você vai gostar.

– As meninas inexperientes não interrompem esses momentos porque não estão gostando, Jack – respondi sorrindo. – Elas param porque têm medo.

– Vamos fazer um acordo? – ele sorriu pra mim. – Eu te mostro primeiro e depois você me explica que medo é esse.

– Tá bom, eu acho – respondi insegura, mas feliz.

– Shh...

Então tentei relaxar e ele me beijou, deitando por cima de mim com certo cuidado. Não se apoiou inteiro em cima de mim. Nossas partes... se encontraram, e seus cotovelos o deixavam na altura ideal para que nossos lábios não se separassem. Quando ele passou os dedos de uma das suas grandes mãos em minha barriga, estremeci e senti um arrepio.

Senti no beijo um sorriso, parecia que a minha reação era o que ele esperava, o que dizia a ele que estava fazendo direito. Mas nessa hora eu quis parar e esse pensamento me fez parar de beijá-lo.

Jack olhou fundo nos meus olhos, de uma forma que eu escolhi confiar nele; fechei meus olhos e levei meus lábios aos dele, para que ele continuasse. Eu não sei direito, mas acho que ele gostou porque voltou com mais vontade e alegria.

Ele estava gostando do que estava acontecendo.

E eu... Eu também estava. Estava com medo, é verdade, mas parte de mim sabia que se essas coisas não acontecessem agora com Jack, não ia acontecer dessa forma nunca mais, já que não ia conhecer ninguém como ele.

E eu achava que... ele merecia... conquistar esse território. E eu também.

Jack então subiu as mãos para um dos meus seios, por cima de meu sutiã – estremeci de novo. Ele apertou-o de leve e com delicadeza, em seguida um pouco mais forte. Se manteve ali por alguns segundos e então começou a descer. Ele deve ter sentido minha barriga se contrair "no caminho", porque deu mais uma risadinha.

Finalmente colocou sua mão inteira e fechada por cima de minha cueca (eu uso cuecas, lembra?).

Quase enlouqueci e mordi o lábio de Jack sem querer, mas ele voltou a me beijar antes que eu pudesse pedir mil desculpas e estragar todo o clima.

Tirou a mão de meu corpo.

Parou de me beijar.

Olhou fundo nos meus olhos.

Sorriu.

E perguntou:

– O que você achou?

Eu respirava de um jeito como se estivesse estado debaixo d'água há algum tempo. Eu não sabia o que responder. Dizia que eu tinha gostado? Que não? Que queria mais? Afinal de contas, perguntei pra mim mesma, o que eu achei? Eu gostei?

Claro que gostei.

– Laura?

– Eu... – balbuciei com vergonha.

Seu rosto estava ali tão perto e eu comecei a me sentir tão envergonhada que tive que pôr as mãos no rosto, tapando os olhos como uma criança com medo de fantasma, Jack até riu.

– Ei, ei! O que foi?!

– Eu tô com vergonha! – respondi.

– Vergonha de quê? – Jack rebateu – Medos... Vergonhas... Sério, Laura, eu acho que não é isso que o seu corpo está pensando.

Aquilo me confundiu. Como Jack poderia saber o que meu corpo estava passando naquele momento? Pode ser mais experiente, mais velho e tudo, mas ainda é um homem!

– Como assim? – perguntei, afastando um pouco as mãos.

Jack deitou do meu lado e entrelaçou a mão dele na minha.

– Eu acho que, por mais que você não consiga explicar, você gostou – ele respondeu olhando para nossas mãos, falando com muita calma. – Só que eu também acho que parte de você esperava ficar com medo e com vergonha porque isso é o que geralmente acontece, mas não acho que você tenha ficado realmente assim.

– Por que não? – indaguei. – Por que não posso ter essa reação comum?

– Porque você não é comum. Você é diferente.

Algo naquelas palavras me fez sentir confiante e confortável. Parei para pensar nesses medos e vergonhas e, não sei se foi porque Jack me falou que eu era diferente e por isso me senti importante, mas acabei respondendo:

– Sabe que... eu nem sei dizer de onde vem, ou por que esse medo vem.

– Eu acho que sei o porquê de você não saber dizer.

– Que atrevido! – ri. – E qual é?

– Porque me disseram uma vez que as meninas têm medo de se arrepender depois, e eu acho que aí no fundo você sabe que não vai se arrepender de fazer coisas comigo – ele respondeu como se fosse a coisa mais básica do mundo.

Senti vontade de dar gargalhadas:

– Como você se acha!

– Ei! – ele exclamou rindo como se tivesse ficado inconformado. – Eu tô me esforçando aqui, tá?!

– Tá bom! – Concordei rindo.

Nesse momento ouvimos a porta abrir e passos subirem as escadas, pelos menos três vozes diferentes riam, e um cheiro de pizza invadiu o ambiente.

– Ô, Jack! – um garoto apareceu na porta. – Pare de ficar se pegando aí e vem aqui cumprimentar os amigos!

Jack sorriu e piscou pra mim antes de se levantar e ir pra sala. Fui atrás. Um dos meninos era ruivo, branco e magrelo, com cabelo bem enrolado e olhos verdes; o outro tinha cabelo loiro compridinho e, por mais que fosse mais magro que Jack, tinha mais corpo que o ruivo; e o outro menino – que eu imaginei ser o Thomas – tinha lábios carnudos que sustentavam um *piercing*, cabelos escuros ondulados e muito compridos, presos em um rabo que parecia ter sido feito na maior preguiça.

– Olha só! Nunca vi essa garota! – disse o ruivo num sorriso exagerado, falando como se eu não estivesse lá e olhando pra mim ao mesmo tempo. – O meu nome é Malu, e o seu?

– Laura – respondi, sorrindo e meio sem jeito.

– Ah! – disseram o loiro e o outro ao mesmo tempo, mas foi o loiro que continuou. – A famosa!

– E você é o famoso quem? – perguntei com um olhar analisador, mas brincando.

– Meu nome é Léo, e o seu cunhado se chama Thomas – respondeu.

Olhei para Thomas, que só deu um risinho e arqueou as sobrancelhas.

– Baby, você me ajuda aqui? – ouvi a voz de Jack chamar lá da cozinha.

No caminho até a cozinha – ouvindo zoeiras dos amigos dele – corri para escrever uma mensagem para Miriam.

*Ele me chamou de* "baby" *e na frente dos amigos!!!*

A cozinha da casa de Jack é como um corredor bem pequeno e apertado; um dos armários da parede estava aberto enquanto ele pegava, desajeitado, alguns copos. Apanhei alguns das mãos dele e juntos conseguimos os seis.

– Obrigado, fofa – ele beijou minha testa.

Franzi as sobrancelhas.

– O que foi? – Jack perguntou.

– Baby, fofa – respondi, um pouco mal-humorada. – Quando nos beijamos pela primeira vez você me disse que não era o príncipe. Bom, isso é meio estranho porque esses apelidos não parecem coisas de cara malvado.

– Escute... – Jack começou meio sem jeito e eu arqueei as sobrancelhas em sinal para que ele continuasse. – Você não pode dormir aqui hoje? A gente precisa conversar...

– Desculpa – encolhi os ombros. – Mas não tenho nenhuma amiga pra mentir que estou dormindo na casa dela.

– Esses apelidos é que... Eu não quero te assustar – ele finalmente respondeu meio sem jeito. – Aquela amiga minha disse que...

– Jack – interrompi, séria. – Você não precisa seguir os conselhos de ninguém, se eu me apaixonar por seus gestos ou por seus apelidos, vai ser o mesmo que me apaixonar por alguém que não é natural. Você não tem que me agradar usando as ideias de outras pessoas – senti meu rosto corar. – Hoje, agora a pouco, *aquilo* foi ideia sua, certo?

– Mais que certo – ele sorriu, safado.

– E eu gostei muito mais do que gostei desses apelidos – sorri pra ele.

Jack sorriu largo, encostou sua testa na minha e me beijou. Mesmo que os apelidos não tenham sido ideia dele, procurar e aceitar conselhos de alguém mostra que ele está se esforçando para ser mais carinhoso comigo, e eu gostei dessa sensação.

Mas de repente pensei em Giulia. Não podia deixá-lo esquecer de me contar o que quer que fosse, mas não toquei no assunto ali na cozinha porque os garotos começaram a reclamar lá da sala.

Três pizzas gigantes para copos e pratos descartáveis, aquilo parecia um tipo de festa. Ri.

– Oh, cara... – disse Malu, perto da televisão com um DVD. – Agora que me dei conta...

– Do quê? – perguntei.

De repente todos os olhares se viraram para mim, os meninos fizeram uma cara de espantados e desapontados soltaram gemidos como se sentissem dor.

– O que foi?! – perguntei de novo, sem saber se ria ou se achava bobo.

Ou as duas coisas.

– É que eu acho que você não vai gostar do filme que eu peguei pra gente ver – Malu respondeu. – Essa noite é meio que a noite da...

Ele parou de falar. Olhei para Jack mostrando minha confusão, mas ele só coçou o pescoço como se não tivesse percebido meu olhar.

– É a noite em que assistimos aos pornôs – foi Thomas quem finalmente disse.

– O quê? – indaguei dando risada. – Vocês têm uma noite da pornografia? Mas o que são, vídeos caseiros?

– Mas é claro que não! – Léo respondeu indignado, mas com certo toque de humor. – Paródias de altíssima qualidade baixadas da internet, toda semana alguém tem que trazer um novo para a nossa coleção.

– Vocês têm uma coleção???

– Paródias do *Dexter, Os Vingadores*, *Big Bang Theory*, essa que eu trouxe é do *Piratas do Caribe* – Respondeu Malu, olhando distraído pro DVD.

– *Big Bang Theory* supera todos esses! – disse Thomas, como se estivesse em devaneio com as lembranças.

– Aquele sex... – Léo ia começar, mas Jack interrompeu.

– Chega, chega! – ele riu. – Tenho certeza de que a gente pode assistir a outra coisa!

Léo, Thomas e Malu soltaram, ao mesmo tempo, um "ah..." de pena ao ouvir as palavras de Jack, e eu... meio que me senti culpada. Mas por que Jack tinha me convidado justo naquela noite? Ri com o pensamento, será que ele estava querendo me influenciar? Encher minha cabeça com sexo?

– Não, tudo bem, eu não me importo – disse, no que os meninos se alegraram. – Eu só não tenho certeza se vou conseguir comer pizza enquanto assisto.

Eles riram.

– Mas... Todo mundo vai ficar de pau duro na tua frente – Foi Léo quem disse, parecendo muito preocupado. – Sabe, "meio-dia".

Não entendi exatamente o que aquela expressão quis dizer e, antes que eu dissesse ou perguntasse qualquer coisa, Jack interveio de novo:

– Quer saber, assistam vocês. Eu e a Laura vamos pro quarto, porque temos um assunto pra conversar...

– Ah, qual é! Aposto que a mina nunca assistiu a um pornô! – Malu protestou.

Na verdade, eu nunca assisti mesmo. Mas não quis tornar isso público – mesmo que eu quase tenha falado, sem querer.

– Quão importante pode ser essa conversa? – Léo perguntou, pegando um pedaço de pizza.

– É sobre uma menina da minha escola – respondi sem pensar. – A Giulia.

– Giulia?! – disseram os meninos, exceto Jack que me lançou um olhar de quem não sabia se ria ou chorava.

– Caramba, filme pornô pra quê! – exclamou Thomas.

– Fato! – Concordou Malu e largou o DVD em cima da televisão, se servindo de pizza – Qual é o ponto?

– Saia dessa sozinha – Jack me disse, servindo-se de uma fatia.

– O que vocês sabem sobre ela? – perguntei, mesmo tendo a sensação de que tudo que eles sabiam estava relacionado com peito e bunda.

– Ela tem um corpo maneiro – Thomas disse, meio desligado e mordendo a pizza.

– É um pecado que, toda a vez que cada um de nós quer ir para a cama com ela, tenha que ter uma menina no meio – disse Léo.

– Pena nada! – riu Malu.

– Como é? – perguntei, sem entender.

– Era o que eu queria te dizer – Jack olhou pra mim. – Giulia é lésbica. E eu estava pensando em ameaçar revelar certo vídeo pra todo mundo se ela não parasse de te perturbar.

– Ela te perturba? – perguntou Thomas.

Ignorei a pergunta de Thomas, mas assenti rapidinho com a cabeça e perguntei pra Jack:

– Que vídeo?

Os meninos colocaram um DVD (que não era uma paródia, mas provavelmente algo muito parecido) e a primeira imagem que apareceu foi de Malu, dava para reparar que ele que estava se filmando.

– Eu e os meus amigos – disse o Malu do DVD, mostrando rapidamente Jack, Thomas e Léo – apostamos com um grande amigo nosso, o Léo – mostrou de novo – que ele não vai conseguir levar a vadiazinha de Tateó pra cama – ele riu. – Porque sabemos que ela é sapatão.

– Mas eu acredito que com todo o meu charme e perfeição ela não vai querer mais ninguém na cama – disse a voz do Léo do vídeo.

O Malu do DVD riu e continuou:

– E por isso vamos deixar essa câmera num lugar discreto para que Giulia não possa ver, mas a gente sim!

Houve um barulho e depois apareceram fantasmas na tela, e a imagem seguinte era a de uma cama de solteiro num quarto que, graças a Deus, não era o de Jack. Giulia vestia apenas calcinha e sutiã e estava sentada de joelhos na cama entre as pernas abertas de Léo, que estava encostado na cama.

– Você não trouxe mais ninguém? – ela perguntou.

– Não precisa, vai – Léo respondeu, esticando a mão para tocar em seu rosto. – Eu vou te deixar tão cansada que você vai me agradecer por não ter outra pessoa aqui.

– Não, eu disse que topava ir para a cama com você se tivesse outra menina – ela respondeu parecendo muito irritada.

– Calminha, não acredito que você seja tão gay que não possa ir pra cama com um rapaz.

– É? Mas eu sou – foi a palavra final de Giulia, que saiu muito brava da cama colocando seu vestido de volta.

Ouvimos um som oco de uma porta batendo e então Léo se levantou – vestia um short –, caminhou até a câmera e disse:

– É, caras, não foi dessa vez.

E o vídeo acabou.

Fiquei chocada, como uma menina que faz um monte de *ménages* pode ficar tirando sarro de uma garota como eu, que não faz nada? Ela que deveria ser a zoada!

– Tudo bem se eu ameaçá-la um pouco? – perguntou Jack, tão natural como se já tivesse assistido àquele filme trezentas vezes. – Não vou tocar no seu nome, prometo.

– Tudo bem – foi só o que eu respondi.

– Sabe – disse Thomas – se ela te perturba, deve ser porque ela gosta de você, mas ela não é lésbica assumida, não pode chegar em você.

Aquele pensamento me deu náuseas.

O dia seguinte foi iniciado com uma mensagem de Miriam que era mais ou menos assim:

> Ahhh!! Eu não acredito! Aquela vadia imbecil da Giulia vai se ferrar! O/

Desculpa não ter respondido sua mensagem ontem mesmo, quando você me mandou eu já estava dormindo...

Quero todos os detalhes depois!

XO.

Demorei um pouquinho até descobrir que "xo" significava "beijos", meio que uma gíria usada em inglês. Meu Deus! Nós temos o nosso "BJ", por que ficamos cedendo espaço no nosso lindo português pra essa língua besta?

Bom, não que seja besta inteira, alguma língua tinha que servir para lançar as melhores músicas, mas, em todo o caso, talvez seja melhor eu começar a aprender inglês senão acho que vou ficar para trás.

Jack não me esperou no portão aquele dia. E, antes do sinal bater, o vi conversando com a Giulia, mas não entendi o que eles falavam. Quando finalmente entramos na sala não havia nenhum desenho da lousa, nenhum lixo ou chiclete, ou aqueles saquinhos de pum na minha cadeira (por mais que só tenham feito isso uma vez, foi um dia horrível).

Giulia me lançava olhares fulminantes como se estivesse morrendo de raiva, e provavelmente estava. Na troca de professores, quando ela se levantou e veio em minha direção parecendo uma leoa atrás de uma caça, o celular dela tocou.

Ela tremeu antes de pegá-lo e, quando olhou o visor, bufou de raiva, me deu as costas e sentou novamente em seu lugar. Observei Giulia pelo resto da aula, parecia que ela se contorcia cada vez que alguém pegava o celular e soltava alguma risadinha.

O que será que Jack tinha feito? Será que tinha mandado o vídeo pra ela por celular? (Lembrei que tinha me esquecido de passar meu número pra ele e pros amigos dele, e fiquei triste.)

Num dos momentos em que eu olhava para Giulia ela olhou para mim. Ela parecia tentar decifrar a minha cara, mas ela não sabia que eu tinha um celular (por mais que toda a escola soubesse que sou pobre demais para *ter* um) e por isso, talvez, imaginasse que eu não estava mandando seja lá o que fosse.

Quando o sinal para a hora do intervalo bateu, Giulia saiu correndo da sala. Apesar de tudo, caminhei tranquila, como quem não soubesse de nada. No momento em que alcancei o pátio, vi Giulia discutindo com Jack.

Dei alguns passos na direção deles; Jack estava com as mãos no bolso, com uma expressão normal, sem alteração, mas Giulia estava histérica. No momento em que ela pareceu ter terminado de falar, Jack se inclinou dando um sorriso maldoso, disse algumas palavras e saiu de perto dela, vindo em minha direção.

– Oooooi – ele disse quando me alcançou, sorrindo.

– Hey! – eu disse, tentando sorrir (e só depois me dei conta de que "hey!" não fazia exatamente parte do português). – Então, tudo saiu como você estava planejando?

– Até melhor!

Jack pegou na minha mão e sentamos num dos bancos do pátio.

– Eu disse pra ela, antes de bater o sinal, que se ela não parasse de te atormentar eu ia espalhar pra todos os celulares um vídeo que eu tenho dela, mas ela não acreditou em mim. Então, no meio das duas primeiras aulas, mandei um pedacinho do vídeo pra ela, só aquela parte que interessa.

– Não teve hora melhor, ela estava vindo falar comigo – disse pra ele.

– É mesmo? Que legal! – ele se animou, parecia agora que estava se achando o maior dos *hackers*, ri com o pensamento. – Então ela meio que veio tirar satisfação, e eu disse que não mostraria pra ninguém se ela parasse, mas se ela e os irmãos continuassem com as maldades, a cidade inteira ficaria sabendo num espaço de cinco minutos. *Bluetooth* serve pra isso.

– Ah! Falando nisso... – exclamei de repente – me passa o número do seu celular?

– Olha, não sabia que você tinha um!

– Eu não tinha até pouco tempo... – respondi pegando o aparelho do meu bolso.

Peguei o número dele e ele pegou o meu.

– O que você vai fazer no fim de semana? – Jack perguntou, colocando minhas pernas sobre as dele, como da última vez.

– Ah, acho que nada – respondi, confusa – Por quê?

– Porque os pais do Malu têm uma chácara, e ele perguntou se a gente não quer passar o fim de semana lá; afinal, vai ser aniversário dele e ele quer dar um tipo de festa, vamos ficar alojados num dos chalés. Que tal?

– Ah... Pra dormir lá?

– Ééééé! – ele sorriu pra mim, se demorando na resposta enquanto acariciava meu cabelo.

– Acho que meus pais não vão deixar – fiz uma careta. – Quer dizer, eles nem te conhecem e a gente tá... Como a gente tá...

– Namorando – ele me interrompeu.

–... há pouco tempo – continuei, sem prestar atenção no que ele tinha dito e só fui me ligar depois.

Não disse nada, só sorri ao ouvir o "namorando" que saiu da boca dele, e não da minha!

– Posso almoçar na sua casa hoje? – ele perguntou. – E daí os seus pais me conhecem, afinal amanhã é sábado.

– Tudo bem, eu vou... – peguei o celular, como se não pudesse segurá-lo e falar ao mesmo tempo – avisar minha mãe.

Ela disse que tudo bem.

– Nossa, conhecer meus pais – sorri pra ele, orgulhosa. – Pensei que garotos como você morriam de medo de uma coisa dessas.

– Eu não. Não acredito que conhecer seus pais seja a mesma coisa que te pedir em casamento, e como você é bacana eu aposto que seus pais também sejam.

– É, eles são – foi a última coisa que eu disse antes de bater o sinal, o mesmo momento em que ele me roubou um beijo rápido.

Como eu saio antes dos demais – e por isso minha família está meio acostumada a almoçar um pouquinho mais cedo – Jack tinha que sair comigo de algum jeito. Ele pensava em pular o muro ou qualquer coisa, mas não tinha ninguém no hall da secretaria, e o portão de entrada e saída dos professores estava sempre aberto; eu sempre saía com a supervisão do seu Dito, que abria o portão justamente pra mim, mas dessa vez nós dois saímos por ali.

Acredito que a sensação de matar aula na cara dura seja, no final das contas, mais legal do que sair pulando o muro, às escondidas, porque mostra o quanto os funcionários de lá são trouxas ou que eles de fato não se importam de verdade.

Meu Deus, quantas vezes vi uma menina da minha sala ir embora mais cedo (e às vezes duas vezes num mês), com a blusa amarrada na cintura, usando o pretexto de que a menstruação estava desregulada e tinha vindo sem avisar? Ela não precisou despentear os lindos cabelos dourados nem sujar a roupa tentando pular o muro; ela simplesmente saiu pela porta da frente como se fosse a rainha da escola e pudesse sair quando quisesse.

E podia. Uma vez a ouvi contando para as amigas dela que uma professora disse pra ela: "Ah, nem precisa avisar ninguém! Vai pra casa!".

E lá estávamos eu e Jack, saindo pelos portões principais dos reis e rainhas daquela escola, aqueles que sabiam matar aula com poder.

Posso estar exagerando um pouco, mas tudo bem.

Jack e eu saímos da escola e, quando nos vimos livres o suficiente, ele me tomou em seus braços e me beijou. O que eu adorei. Mas gritei quando ele me pegou no colo.

– Me ponha no chão! – Mandei, como se eu pudesse mandar.

– Você é mais leve do que eu imaginei – disse, dando alguns passos, despreocupado. – Vai ser muito fácil abusar de você no meio da noite, duvido que você vá ter força pra me impedir.

Ele brincou, eu sabia que ele estava brincando, mas mesmo assim me assustou um pouco.

– Que cruel! – respondi, tentando levar na esportiva.

De repente me acostumei a estar no colo dele.

– O que você gosta de comer? – perguntei.

– Pizza!

– Não acho que vá ter pizza na minha casa; na verdade, eu acho que vai ter... – tentei me lembrar de uma comida que todo mundo gosta – estrogonofe com batata palha.

– Maravilha – ele disse, me colocando no chão.

Andamos até a minha casa e Jack não pareceu nervoso por nenhum segundo, só depois, quando já estávamos na porta, que ele, segurando-a antes que eu a abrisse, me perguntou muito sério:

– Tem alguma coisa que eu deva saber?

– Não sei, você é a primeira pessoa que não é da família que trago em casa – respondi, sincera.

– Bom, seja o que Deus quiser.

Eu ri e destranquei a porta, deixei que Jack passasse e a tranquei de novo – a maioria das pessoas de Tateó não tranca as portas e os portões. Isso quer dizer que quando uma família viaja alguém tem que ficar tomando conta da casa, o que é uma grande besteira, em minha opinião. Não é mais fácil comprar um cadeado?

– Chegamos, mãe!

Fomos até a cozinha, onde minha mãe terminava de pôr os pratos na mesa (percebi que ela tomou cuidado pra não vestir o avental rasgado que ganhara da minha avó).

– Mãe – disse – esse que é o Jack.

Minha mãe sorriu para Jack e foi até ele dando um abraço que, nos primeiros segundos, Jack estranhou e correspondeu só depois. Nesse momento fiquei imaginando quanto tempo fazia que Jack não recebia um abraço de mãe.

– Meu nome é Sylvie, prazer em conhecer você – disse. – Laura, por que você não chama os outros pra descerem enquanto eu coloco o estrogonofe na mesa?

Sorri triunfante quando ouvi o que tinha pra comer.

– Tá bom – respondi.

Peguei na mão de Jack e subimos as escadas em busca das demais pessoas da minha casa, encontramos Claud e Alice – trancados no quarto de novo – e foi fácil, eles abriram a porta, cumprimentaram Jack e desceram para comer.

– E o seu pai? – ele perguntou.

– Hum... – refleti – Acho que ele já vai chegar. Deve estar trabalhando ainda.

Jack me beijou e acariciou meu cabelo, perguntando baixinho:

– E onde fica o seu quarto?

Nesse momento ouvimos a porta lá embaixo bater.

– Ih, meu pai chegou.

Por mais estranho que isso pudesse parecer, o almoço ocorreu sem grandes problemas. Eu sabia que a minha família tinha achado Jack atípico, mas minha mãe sempre foi uma grande fã dos cabeludos, e Claud começou a olhar pra mim com mais respeito depois que viu o estilão do Jack. Alice (que não gosta mesmo de garotos do... tamanho de Jack) conversou com ele a respeito de música, perguntou onde ele morava e ficou animada quando ele disse que era tatuador. Meu pai lançou um "não encha minha filha de tatuagens" na brincadeira e todo mundo riu. Até que o assunto "por que você está aqui, Jack?" começou a surgir.

– Então, Jack – meu pai começou. – Você e Laura se conhecem há pouco tempo, certo?

– É, bom, eu já a tinha visto antes, mas começamos a nos falar há pouco tempo – ele respondeu, numa educação que só faltava pôr "senhor" no final da frase.

Tentei gravar a ideia de depois perguntar para Jack se ele já tinha feito teatro algum dia.

– E é estranho, geralmente garotos não gostam de conhecer a família da moça tão rápido – meu pai continuou.

Minha mãe lançou para Jack um sorriso inofensivo, mas eu e meus irmãos achamos aquela pergunta muito estranha. Jack pensou um pouco antes de responder.

– É que além de eu querer conhecer vocês, há uma segunda intenção – Jack respondeu, com calma.

– Qual? – minha mãe perguntou.

– Esse fim de semana vai ser a festa de aniversário de um amigo meu, numa chácara que ele tem meio distante da cidade. Laura conheceu esse meu amigo e ele quer que ela vá também, mas acontece que íamos passar o fim de semana lá, e como todos os meus amigos querem que ela vá... Eu pensei em perguntar pra vocês, eu mesmo, se ela pode dormir lá com a gente – Jack lançou, deixando a situação um pouco enfeitada.

– E vai ter muita gente? – meu pai perguntou.

– Não muita – Jack respondeu. – E eu estava pensando que seria legal pra Laura ir – ele olhou sorrindo pra mim e depois voltou a atenção pro meu pai – já que ela disse que não tem muitos amigos.

Hum, aquela última frase soou forte. Peguei meu copo de suco e tomei um gole, como se quisesse me esconder atrás do vidro. Eu não sabia se ria ou se me sentia envergonhada, afinal ali estava Jack assumindo que minha vida social começava agora – estava claro que meus pais também sabiam disso e queriam que isso acontecesse.

– O silêncio – Claud disse – quer dizer que se daqui a nove meses ela tiver um filho ele vai te pôr na cadeia.

Eu ri, Alice também riu e Jack quase riu. Minha mãe também, mas meu pai não.

– Ah, tudo bem – minha mãe disse, virando-se para meu pai. – Ele parece ser um garoto legal.

– Tudo bem, então – disse meu pai, sorrindo.

No final do almoço (depois de termos agradecido mil vezes aos meus pais), Jack resolveu ir pra casa, e quando eu fui deixá-lo na porta, ele me sussurrou no ouvido:

– Eu espero que você tenha biquíni. E uma *lingerie* muito sexy.

Eu ri e o beijei, e ele foi embora bem-humorado – tudo tinha corrido bem. Só depois de trancar a porta me dei conta: santo Deus, eu uso cuecas!

Comecei a ficar desesperada, só tinha uma coisa que eu podia fazer naquele momento.

Miriam: Sério, Laura? Você não tem calcinhas pra passar um fim de semana?

Laura: Ele disse "uma lingerie sexy".

Miriam: Calcinhas são pra lá de sexies pra uma menina que usa cuecas.

Senti certo sarcasmo naquela frase, arqueei as sobrancelhas – por mais que soubesse que ela não pudesse me ver – continuei:

Laura: Mas cuecas são superconfortáveis.

Miriam: Eu sei que são, mas eu acho melhor você sair pra comprar algumas lingeries antes do fim de semana, só pra se sentir mais segura. E você tem biquíni?

Laura: Sim, eu tenho, eu pelo menos acho que eu tenho. Se não for um maiô.

Miriam: Ah, tudo bem, maiôs não são feios. Mas toma cuidado, esse Jack parece estar te pressionando pra vocês transarem.

Laura: Também acho, mas acho também que é só o jeitão dele. É estranho, mas parece que ele realmente cuida de mim.

Miriam: Ai, ai, que nem o Alexandre que eu conheci hoje...

Quem é Alexandre? Meu Deus, Miriam pode ter uma coleção de meninos se ela quiser! Não que ela tenha, sei que brinca um pouco com eles, mas sei lá.

A conversa mudou de rumo e conversamos durante mais ou menos uma hora sobre esse tal de Alexandre, e, isso é justo, porque ela fica me ouvindo falar sobre Jack. Amizade não é amizade quando uma fala e outra escuta o tempo inteiro.

Depois que desligamos pensei: isso quer dizer que vou ter que arrumar um tipo de mala? Mandei uma mensagem pra Jack perguntando isso, alguns minutos depois ele respondeu:

Eu acredito que a maioria das meninas vá levar shortinhos curtos e vestidos, mas você pode levar o que quiser pra se sentir bem por um fim de semana. Não esquece do biquíni!

Procurei no meu quarto uma bolsa que era grandinha o suficiente pra eu pôr algumas coisas, joguei-a em cima da cama e, depois que achei meu maiô (preto e básico), minha irmã entrou no quarto.

– Meu Deus! Você não vai levar esse treco velho, vai?

– Jack deu a entender que tem rio ou piscina lá – respondi desajeitada. – Esse fim de semana vai ser um fracasso.

– Por que você não tem nada que uma menina feminina tem? Não se preocupe, estou aqui pra isso – ela respondeu com uma facilidade que me assustou, não imaginei que tivesse essas palavras na ponta da língua.

– Tudo bem eu ir de calça, eu acho – respondi, pegando meu jeans surrado de usar metade da semana, e outro de usar o resto da semana.

– Vem comigo – minha irmã disse, saindo do quarto.

Fomos até o quarto dela e trancamos a porta, ela me deu um short pra experimentar, não emitiu nenhuma opinião e depois me entregou um vestido, que eu coloquei por cima do short mesmo.

– Acho que você fica melhor de vestido do que de short – ela disse finalmente.

O vestido que ela tinha me dado era azul e lembrava algo como praia, verão, sol. Não que fosse feio – era muito bonito – mas não era do meu estilo, meu cabelo não era mais loiro; não que ficasse feio vermelho com azul, mas... Ai, só não gostei. E ficou grande, porque ela é mais alta e tem mais corpo que eu.

– Acho que calçamos mais ou menos a mesma coisa, tenho uma bota preta pra você usar com a meia-calça e o vestido que eu vou comprar pra você – ela me disse, olhando pros meus pés.

– O quê? – perguntei, nada convencida. – Você vai me comprar um vestido?

A vez de erguer as sobrancelhas foi dela:

– Faz quantos séculos que eu não te dou um presente no dia do seu aniversário?

Não dar presente no dia do aniversário é coisa de irmão mesmo, mas eu não disse isso, apenas concordei; afinal de contas, se ela queria me dar um vestido ele seria bem-vindo. Quem sabe eu consigo fazer a consciência dela pesar, a ponto de ela me comprar umas duas calcinhas também.

Quando eu e Alice saímos para fazer compras tudo pareceu muito estranho. Eu geralmente uso roupas que foram dela ou de primos, ou qualquer coisa barata, mas ela me levou para uma loja que, apesar de ser um tipo meio popular, tinha muita coisa estilosa.

– Se encontrarmos um maiô ou um biquíni que não seja muito caro podemos comprar também.

– De onde você tá tirando esse dinheiro? – perguntei.

– Do meu estágio de meio período, não se preocupe – Alice me respondeu sincera. – E outra, é seu primeiro namorado, numa festa onde provavelmente a maioria das pessoas é mais velha que você e faz coisas legais que você jamais imaginou. Se a nossa roupa está deslocada a gente sempre se sente pior.

Não tive alternativa a não ser acreditar nela. Continuamos a andar pela loja atrás de algo bonito, não muito caro, mas não barato o suficiente pra se diluir na água.

– Eu acho que preto é uma cor legal – disse, querendo direcionar nosso caminho de escolha.

– Bota preta, meia-calça preta, com vestido preto você vai parecer uma gótica. Por que não um vermelho?

– Ou um verde-escuro? – perguntei.

– Com seu cabelo vermelho e o vestido verde-escuro você vai acabar parecendo uma selvagem – ela respondeu, com tom de total desaprovação.

– E não é legal? – ri.

– É, vamos ver.

Eu e Alice rodamos pela loja à procura de algo barato e de qualidade, e aquela missão parecia muito mais difícil do que a gente imaginava. Não encontrei nada que eu curtisse, mesmo que não fosse de qualidade.

Aquelas compras estavam me deixando mal-humorada, até que meu celular vibrou. Era Jack.

– Alô? – atendi.

– Hey, baby! – Ele me respondeu com tanto entusiasmo que eu cheguei a duvidar que aquele "baby" tinha vindo daquela certa amiga dele. – Eu só tô ligando pra te avisar que amanhã eu passo na sua casa lá pelas cinco, temos que pegar uma amiga na rodoviária antes, então chegaremos um pouco atrasados.

– Ah, tudo bem – disse, imaginando que amiga seria aquela. Seria a tal?

– Como vamos chegar um pouco mais tarde, você já pode ficar pronta com qualquer que seja a roupa que for vestir e ficar linda – ri ouvindo as palavras dele. – Só queria te avisar pra pôr alguma coisa comportada porque os pais do Malu resolveram dar um jantar e... Bom, a festa na verdade vai começar depois que eles saírem – ele riu.

– Tá bom! – respondi animada, afinal eu estava ali comprando minha roupa comportada, seja lá o que comportada signifique pra Jack – vejo você amanhã, beijos!

– A gente se vê.

Desligamos.

Quando guardei o celular no bolso, descobri que Alice tinha desaparecido. Não entrei em pânico, mas comecei a andar um pouco mais atenta. Ela provavelmente nem tinha percebido que eu estava no celular e continuou a andar como se eu a estivesse seguindo, afinal, Alice é muito distraída e tem um umbigo meio autoritário.

Encontrei Alice no final da loja, tive que abrir espaço entre as pessoas para chegar onde ela estava e a vi segurando a roupa que seria a mais bonita de todo o meu guarda-roupa.

Não era um vestido vermelho, nem preto e nem verde, mas cor de terra. Tinha um ar medieval e me dizia que eu podia ser tanto uma princesa quanto uma plebeia, quem sabe uma princesa disfarçada de plebeia. Eu nunca fui do tipo de pessoa que se encanta com uma peça de roupa, mas aquele vestido era diferente.

– Você vai ficar uma *mulherona* nesse vestido – Alice disse.

Andamos até o vestiário e eu entrei arrancando a minha roupa na maior pressa, coloquei o vestido torcendo para que não ficasse pequeno nem grande, já que eu o arrancara das mãos de Alice sem nem ver o tamanho.

Olhei-me no espelho. O vestido tinha me dado realmente um ar mais adulto, mais arrumado. As alças não eram finas e, sim, grossas como quatro dedos. No centro de cada uma tinha um botão, e percebi que ele poderia ser desamarrado por ali. Por dentro, era revestido por um tecido em tom um pouco mais claro e, na barra (um pouco antes dos meus joelhos), tinha uma facha muito fina e de uma cor que quase não se notava. Ele não era exatamente apertado nem largado, mas não marcava minha cintura, e de tão básico eu o achei incrível.

Lembrei-me de uma cena do filme *Troia*, quando Helena tirou o vestido para Páris em apenas um instante.

Imaginei se ficaria bonito com meia-calça e botas pretas. Ficaria sim.

– Eu quero ver! – gritou Alice, do lado de fora do provador.

Saí sorrindo e ela também abriu um sorriso de orelha a orelha:

– Perfeito! Agora se troque e venha ver o biquíni que eu achei!

Naquele momento eu juro que me perguntei se minha irmã tinha o poder de se teletransportar, ou qualquer outro poder especial, para ser capaz de procurar outras roupas em tão pouco tempo.

Sábado. 16h45. Eu escrevia em meu diário o que tinha acontecido e o quanto estava animada em fazer essa pequena viagem com Jack, mesmo estando meio desconfiada dessa amiga dele que nos esperava na rodoviária.

Minha bolsa estava pronta com meu novo maiô verde-escuro (praticamente lutei contra Alice por esse maiô, ela queria que eu comprasse um biquíni de oncinha), minha escova de dentes, duas cuecas (esqueci das calcinhas depois que encontrei o vestido naquela loja) um short, uma blusinha e uma sandalinha de plástico, a bem dizer um chinelo, mas com alcinhas.

Por sorte o tempo já começava a esfriar e assim não tinha perigo de suar o caminho inteiro – mesmo tendo comprado o antitranspirante mais potente que achei. Vesti a meia-calça e calcei as botas, e Alice prendeu meu cabelo – apesar dos meus protestos – num rabo de cavalo alto, deixando apenas duas mechas finas em cada lado do meu rosto.

Quase não acreditei, mas Jack buzinou exatamente às cinco horas. Dei tchau pra todo mundo e fui, colocando minha mochila em volta do meu corpo (não havia chance de eu ter esquecido alguma coisa, já que eu tinha lembrado até da minha escova de dentes).

– Oi! – sorri pra Jack, me entregando em seus braços e o beijando, já que ele me esperava fora do carro.

Jack vestia uma calça jeans preta e uma camiseta azul-marinho com algumas coisas estampadas em branco. A camiseta não era muito larga, então seus músculos pareceram ainda mais fortes e eu o achei muito bonito.

– Você tá parecendo uma princesa – disse, me dando mais um beijo. – Vamos?

– Aham – respondi ainda hipnotizada pelos seus lábios.

Sentei no banco de trás, superanimada.

– Oi, Thomas! – cumprimentei o irmão de Jack, que sentava na frente.

– E aí, Laura – ele me cumprimentou de volta.

Sentei no meio, para ficar perto dos dois enquanto Jack dirigia pra rodoviária. Quando ele estacionou soltou um "já volto" e saiu. Thomas não ligou, mas eu achei meio estranho.

– Quem é essa amiga de vocês? – perguntei pro Thomas.

– É a Molly – respondeu, meio desligado. – Não se preocupe, ela é legal – ele se virou para mim. – Vocês devem ter coisas em comum, já que as duas são ruivas.

Ela é ruiva? De repente me senti insegura.

– Ahn... O Jack já ficou com ela? – perguntei tímida, com a voz e o olhar baixos.

– Não – Thomas respondeu de uma maneira tão normal que quase relaxei.

– Mas o Jack tem tara por ruivas – insisti, querendo arrancar alguma coisa de Thomas, alguma coisa que eu provavelmente não ia querer saber de verdade.

– Ei! – Thomas riu se voltando completamente pra mim, ficando meio torto no banco – Relaxa! Eu sei que ele é seu primeiro namorado, mas não precisa ficar nervosa!

Corei.

– E olha, vou te contar um segredo – Thomas abaixou a voz, mas continuou sorrindo com certo brilho nos olhos. Eu me aproximei um pouco. – As meninas que já passaram pela vida de Jack foram só... ficadas. Ou namoradas que duraram uma semana. Você é, a bem dizer, a primeira namorada dele. Eu nunca o vi querer conhecer os pais de uma mina, muito menos levar alguma pra esse tipo de festa.

Thomas percebeu que Jack já estava voltando e piscou pra mim antes de se endireitar no banco. Vendo que sua amiga ia entrar pelo lado do Jack, eu me afastei até ficar atrás do banco do Thomas.

– Oooooooiiii, Thomáááás! – ela exclamou. – Que saudade de você!

Reparei que Jack foi pôr a bolsa dela no porta-malas.

– Que saudade de você também, Molly.

– Mentiroso!

De repente a voz daquela menina desconhecida se voltou pra mim num tom tão bem-humorado que quase me senti constrangida:

– Você é a Laura, certo?

– E você é a Molly – respondi, tentando sorrir.

A menina tinha os cabelos vermelhos, a pele bem branca. Falando assim até a faço se parecer comigo, mas não. Os cabelos dela são mais compridos e bastante enrolados, a cor do cabelo dela é natural e ela tem uma franja alisada pro lado. A pele dela é quase tão branca quanto a minha, mas seu corpo é maior que o meu. Não que ela seja gorda – ela não poderia estar usando o top jeans e o shortinho se fosse – mas os ombros e os quadris dela são mais largos e ela tem mais seios e mais bumbum que eu.

Ela na verdade é muito sexy. Devo ter reparado demais nela, porque Jack cortou meus pensamentos:

– Cuidado, Laura – ele disse pra mim, brincando. – A Molly tem uma influência muito sexual sobre as garotas, não quero perder você pra ela!

– Seu idiota! – Molly exclamou pra ele.

Ri, sem saber direito o que aquilo queria dizer. Na primeira meia hora eu me senti muito deslocada, mas depois o clima foi melhorando. Molly puxou papo comigo – sobre meu cabelo, se era tingido ou não e depois fez aquela cara que todo mundo faz quando descobre que meu cabelo é loiro.

Demorou um pouco, mais do que eu imaginava, pra chegar lá, tanto que quando o Jack parou o carro num imenso gramado cheio de outros carros, já era noitinha.

Saí do carro um pouco nervosa, dava pra ver um monte de gente. Tinha uma piscina, alguns chalés e uma casa grande com uma área imensa. Era ali onde estava arrumada a grande mesa, que deduzi que fosse onde íamos jantar com os pais de Malu, e, olhando melhor, tinha até mais de uma mesa. Cheguei a imaginar que aquele lugar tinha sido projetado para festas.

– Não fique insegura – Jack me abraçou por trás. – Venha, vamos achar o Malu.

Jack não pareceu ligar de andar abraçado comigo no meio daquela gente toda, ele cumprimentava uns e outros, parecia que nem conhecia todo mundo ali. Imaginei se Malu e Jack tinham amigos *incomuns* tanto quanto em comum. Naquele momento eu não soube se essa expressão estava certa, enfim...

Encontramos Malu na área da casa conversando com um casal de amigos. No momento em que Malu me viu, soltou um tipo de elogio que eu acho que nunca mais vou ouvir na minha vida:

– Meu Deus, olha só! – exclamou para mim. – Cabelos vermelhos como fogo, olhos verdes como as folhas e vestido com a cor da terra, quem é você? Uma elfa?

Não sabendo o que responder, eu ri:

– Feliz aniversário, Malu!

– Parabéns, cara – disse Jack, rindo apesar de eu ter tido a impressão de que ele tinha ficado meio confuso com o comentário do amigo.

– Vem cá! Quero te apresentar pros meus pais! – Malu voltou a dizer pra mim. – Quem sabe eles fiquem na esperança de que você possa ser minha namorada e parem de pegar no meu pé!

Não ri, não falei, não fiz nada.

– Cara, você tá bem? – Jack perguntou, sem ter achado graça também.

– Brincadeira – Malu confessou. – Mas quero te apresentar pra eles mesmo assim, eles vão gostar de saber que nem todos meus amigos são iguais.

Não entendi o que ele quis dizer e, antes de eu fazer qualquer coisa, Malu já tinha me pegado pelo braço e abria caminho pelas pessoas em direção a um casal muito distinto, vestindo roupas sociais e com taças de champanhe na mão.

Antes de nos aproximarmos o suficiente para nos cumprimentarmos, olhei para trás e tentei achar Jack, mas não consegui. Quem sabe ele tivesse ido atrás da Molly, afinal ela veio com a gente, mas não foi felicitar o Malu. Eu achei que ela tivesse vindo por causa dele.

– Mãe, pai – Malu disse para o casal distinto. Eu olhei para eles. – Essa é a Laura.

A mãe de Jack me olhou de cima a baixo com um olhar de aprovação.

– Prazer em conhecer você, mocinha – ela disse.

– Parece uma elfa – o pai dele me disse, e então fiquei sabendo de onde tinha vindo o comentário do Malu.

Me perguntei se os dois eram amantes de RPG ou coisa parecida, quem sabe *Senhor dos Anéis*?

– O prazer é meu – sorri para os dois.

– Mauro, me diga, por favor, que é essa a sua namorada – a mãe dele falou para Malu, e então eu fiquei sabendo que o nome de verdade dele é Mauro, baixo, mas alto o suficiente para que eu pudesse ouvir.

– Não, essa é a namorada do Jack – ele respondeu.

– Mas que pena – o pai dele disse. – Eu adoraria ter você no meu dia a dia, consigo imaginar várias personagens para escrever alguma história só de olhar pra você.

– Você e o Malu fazem elogios muito diferentes, eu fico até sem-graça – respondi sorrindo.

– Ele aprendeu comigo, esse meu filho!

Então eles riram e eu me senti na obrigação de ir atrás de Jack, afinal eu não queria deixá-lo sozinho:

– Bom, acho melhor eu procurar o Jack.

– Até mais, querida – disse a mãe de Malu. Com um aceno, saí daquela rodinha bem-humorada e educada.

Procurando Jack entre as pessoas, tentando voltar pelo mesmo caminho que tinha feito para ir até os pais de Malu, imaginei que provavelmente a família do Malu tivesse bastante dinheiro. Eu nunca estive perto de pessoas tão elegantes quanto os pais dele.

As pessoas que passavam por mim sorriam e algumas me cumprimentavam, eu cumprimentava de volta, mas não fazia ideia de quem eram. Finalmente encontrei o Jack, que tinha encontrado o Léo e o Thomas.

– Oi! – cumprimentei Léo, acenando com a mão.

– E aí – ele disse.

Nunca sei o que responder quando alguém me diz "e aí". Jack me puxou pela cintura e me perguntou num tom meio sério:

– Tudo bem?

– Tudo – respondi, me erguendo um pouco para beijá-lo no rosto. – Tem muita gente aqui, são todos amigos de vocês?

– Ah, não todos – Thomas respondeu. – Mas o Malu é uma pessoa meio... popular – fez sinal de dinheiro, juntando o indicador e o dedão. – Acho que ele foi chamando todo mundo que deu na telha, mas essas pessoas vão embora hoje.

– Pelo menos dormir aqui só os amigos de verdade têm direito – Léo disse.

– Vocês ficam incomodados com isso? – Perguntei.

– Ah, sei lá. É legal ter gente que a gente conhece, mas não conhece – Léo respondeu. – Mais meninas pra gente pegar – sorriu.

Fiz uma cara de "ahn...".

Perto dali, eu vi Molly. Ela andava de um lado para o outro com um celular no ouvido, dizendo friamente palavras como "já basta!", "pare de me atormentar!". Até me preocupei. Fiquei observando os passos dela e, quando ela desligou e sentou num dos dois bancos de cimento caprichadamente pintados, e que formavam quase um círculo, eu fui até lá.

Não me preocupei com o que ela ia pensar, só afaguei o braço de Jack pra dizer que não estava simplesmente o deixando lá, mas ia me certificar se a amiga dele estava bem, e fui até ela.

Os joelhos dela se tocavam, as mãos apoiavam a cabeça e o olhar provavelmente procurava uma minhoca ou uma formiga na grama.

– Tudo bem? – perguntei, de leve.

Molly levantou a cabeça pra mim e esboçou um sorriso cansado, eu me sentei ao lado dela antes que ela respondesse:

– Tudo sim. Era só um... um imbecil... Que por acaso acha que é meu namorado.

– Nossa... – disse. – Quanto amor.

– Nenhum. Somos o casal menos perfeito – ela soltou um longo suspiro. – Você nunca pode deixar ninguém te controlar sabia, Laura? Mesmo que seja difícil, mesmo que cause brigas, você não pode ser teimosa só com seus pais. Você tem que lutar para continuar sendo quem você é num relacionamento.

– E imagino que você leve isso muito a sério – foi tudo que eu consegui responder, mas o que ela falou até que não era tão sem sentido assim.

– Ei – ela disse, tirando alguma energia de si mesma –, você e o Jack estão juntos há quanto tempo?

– Ah, pouquinho – respondi. – Nem sei direito.

– Você ainda não conhece ele tão bem, conhece?

– Não – confessei, fazendo uma careta infeliz. – Mas pretendo. Ele é um cara muito bacana.

– Ele é mesmo – Molly concordou.

Algo me dizia que ali tinha algum ponto. Algum objetivo. Então esperei para ver se ela dizia mais alguma coisa, ela tirou um cigarro e o acendeu, um cheiro forte e adocicado nos rodeou quando ela soprou a fumaça depois de tragar, e continuou:

– Sabe, por mais que ele seja muito legal, não se apegue muito – ela não olhava pra mim, olhava para frente, e então eu não tive muita certeza de como deveria engolir aquilo. Como não se apegar? Jack é o único cara que já deu atenção pra mim e eu já tenho 15 anos!

– Por quê? – Indaguei.

– Porque... – Molly se virou para mim, mas foi interrompida por um Jack que eu não tinha visto se aproximar.

– Os pais de Malu estão chamando para a gente jantar – ele me esticou a mão e a segurei sorrindo. – Não quero me sentar longe de você.

Molly soltou um suspiro com a fumaça do cigarro e continuou sentada ali até que Léo e Thomas apareceram, mas eu e Jack já estávamos andando, só nós dois e abraçados.

– Você tá fugindo muito de mim – Jack parou de andar de repente e me abraçou forte. – Não faz isso...

– Desculpa – pedi, abraçando-o de volta. – Só vou ficar pertinho de você agora.

Fiquei com medo que tivesse parecido muito grudenta, principalmente quando Jack soltou um suspiro.

– Não precisa ficar grudada em mim – ele se distanciou para que pudesse me olhar nos olhos. – Só não quero que você dê muita atenção pra Molly, tá?

Eu ia perguntar o porquê, mas percebi que seja lá qual fosse a resposta, não seria a resposta totalmente verdadeira ou sincera. Então concordei.

– Tudo bem.

Não que o jantar estivesse ruim. A comida estava gostosa, tinha bebida não alcoólica, ninguém tirou sarro de mim ou qualquer coisa, já que, ao contrário de Giulia, essas pessoas tinham coisas mais interessantes pra fazer. Tipo comer.

A sensação é engraçada, me parece que algumas pessoas estavam ali só pra comer, mesmo. Eu podia ver alça de biquínis por baixo de roupas de meninas, mas não tinha visto ninguém na piscina. Jack disse que a festa na verdade ia acontecer quando os pais de Malu saíssem, será que isso significava que todo mundo ia arrancar a roupa e cair na água? Ai, meu Deus, eu não coloquei meu maiô por baixo do vestido, e tirar o vestido, a meia-calça e a bota me parece trabalhoso demais, nada tão "adoidado" como só tirar a roupa e pronto.

Jack estava sentado do meu lado, Thomas do outro lado, perto do Léo. Na nossa frente estavam Molly e Malu e, por mais que ela tivesse mencionado um namorado mais cedo, eles pareciam estar flertando. Às vezes, a mão de Molly ficava invisível debaixo da mesa e Malu mudava a expressão.

Os pais de Malu, que estavam ali ao lado do filho, tinham puxado assunto comigo, perguntando quem eram os meus pais e o que eles faziam, se eu tinha irmãos, em que colégio eu estudava, se eu tinha intenção de ir para a faculdade, essas coisas. Não sei se por educação, não acho que foi muito sincero, eles começaram a puxar assunto com Jack, que foi muito educado respondendo as perguntas e coisa e tal. Acho que o tipão de Jack assustava um pouco os pais de Malu (e eu, completamente sem educação, nem perguntei seus nomes).

Thomas tinha perguntado pra mim quantas pessoas eu achava que tinha por ali, chutei 50, ele acenou com a cabeça meio que em dúvida, mas concordando. Ele me contou que devia ter mais ou menos 20 pessoas que não eram amigas de ninguém, mas, sim, contratadas pelo sr. e pela sra. Vandres. Fiquei meio chocada, e quando perguntei o motivo, ele disse que era para os convidados irem embora quando desse certo horário, para perceberem que já tinha gente saindo.

– Mas a gente não precisa ir, a gente vai ficar – acrescentou.

Eu achei isso muito engraçado. Quer dizer, é verdade que ali tinha espaço pra toda aquela gente ficar. Sem contar que, pra quem quer dizer pros amigos que "caiu de bêbado e dormiu por ali", até as mesas serviam.

No fim das contas, eu achei uma boa ideia aquela armação.

Comecei a sentir sono. Depois de toda aquela comida, então... Apoiei minha cabeça no ombro de Jack e, quando fiz isso, ele acariciou meus cabelos.

– Já tá com sono? – ele perguntou.

– Mais ou menos – respondi, sonolenta e com voz mole.

– Você gosta de dançar? – Jack perguntou.

– Ah, não sei – respondi, sincera. – Acho que sim. Acho que todo mundo meio que gosta. Só não sei dançar direito...

– Bom, nem eu. Então vai ser muito legal!

Ri.

De fato, depois que jantamos e ficamos um tempo conversando na mesa, aquela sala se tornou uma pista de dança. Eu e Jack dançamos umas três músicas e paramos, já que ele me pegou pela mão e me levou para longe da multidão dançarina.

Não fomos para o lado da piscina ou dos chalés, e, sim, para o que tinha uma quadra cercada, árvores e plantas e nenhuma eletricidade. Como se já fosse de costume, Jack me guiou para uma das árvores e me encostou no tronco.

Me beijou.

Um beijou diferente, feroz. Como se ainda estivesse com fome ou sede, de mim. Confesso que me assustei um pouco, mas não consegui pedir para ele parar.

Ele apertou meus seios com força, colocou a mão debaixo do meu vestido e começou a zanzar dois dedos naquela área que, até pouco tempo, não era tão requisitada. Jack segurou minha mão e a levou até *ele*, percebi que estava grande, como se estivesse inchado. Ele estava excitado e, pelo visto, eu também, pois os dedos dele entraram em mim com a maior facilidade.

– Vou colocar em você – sussurrou. – Posso?

As mãos dele me deixaram, começaram a tirar o cinto e abrir o zíper da calça. Eu não respondi àquela pergunta, eu não sabia o que dizer.

Eu meio que queria e meio que não queria, senti medo que doesse. Jack encarou meu silêncio como um sim e voltou a me beijar.

– Fica de costas – sussurrou.

Eu me virei para o tronco da árvore. Estava tão nervosa, mas ao mesmo tempo eu sabia que queria. Fechei meus olhos e tentei controlar a minha respiração para não fazer barulho.

Senti os dedos de Jack molhados quando me tocou dessa vez. Depois eu o senti e, nisso, abri os olhos.

Quando abri os olhos, eu não tive a intenção de interromper o que estava acontecendo, mas vi algo que simplesmente não me deixou continuar. Malu e Molly estavam transando debaixo de uma árvore a alguns metros dali. Não que desse para ver exatamente se eram eles, mas tive a impressão que aquele cabelo que se movia era o de Molly. Pensei que ela já estivesse com alguém, mesmo que não seja um namorado, isso não é errado?

Malu estava sentado no chão e Molly estava em cima dele, oferecendo seus seios, rebolando, fazendo coisas que, pelo menos hoje, eu não poderia fazer para o Jack. Então me dei conta de que não deveria estar observando.

– Ah... – comecei, e Jack parou no mesmo segundo.

– O que foi? – ele perguntou, e eu me virei para ele dando as costas ao tronco.

– A gente vai dormir junto hoje, não vai? – perguntei.

– Vai – ele sorriu.

– Não vai ser mais legal se a gente tentar fazer isso na cama? Daí você pode mostrar outras coisinhas – passei a língua pelos lábios.

O sorriso de Jack mudou, e ele respondeu:

– Pode ser.

Voltamos para a festa, encontramos nossos amigos, bebemos. À medida que as horas passavam, algumas pessoas começavam a ir embora. Imaginei que as primeiras pessoas fossem aquelas contratadas. O número de pessoas da festa diminuiu gradativamente, foi então que eu vi Malu. Mas não vi Molly.

O que eu tinha visto antes me deixou deprimida. Porque afinal eu nem tenho certeza se eram eles, ou pelo menos não tinha certeza se o garoto ali era o Malu. Eu não tenho certeza do porquê eu estava deprimida; eu sei que às vezes acontece de a gente ficar melancólica sem ter realmente um motivo.

O sr. e a sra. Vandres foram embora, muitas pessoas tiraram a roupa e caíram na piscina, os jovens começaram a beber mais, aumentaram a música, muita gente começou a se beijar.

Mas eu não estava em clima pra isso. Ainda mais quando Jack lançou um "já volto" e desapareceu.

Os minutos foram passando e, como o Jack não voltava, eu fui até o banheiro e tirei a meia-calça, sentei no chão, na beira da piscina, tirei a bota e coloquei minhas pernas na água. Eu esperava que estivesse fria como gelo, trincando, mas não. A água estava na temperatura ideal, o que me animaria a mergulhar e nadar se eu não estivesse sozinha.

Acho que meu subconsciente decifrou minha melancolia como sono e meus olhos começaram a ficar pesados.

– Oi, moça! – uma voz soou ao meu lado.

Me assustei. Só então reparei que Malu estava sentado ao meu lado, com as pernas na água do mesmo jeito que eu. Tive que rir. Seu cabelo estava molhado, ele estava apenas de short e todo seu corpo pingava.

– Meu Deus – ri. – Te derrubaram na água?

– Só as minhas fãs enlouquecidas – ele brincou – E o Jack? Te abandonou?

– Mais ou menos – respondi, meio que franzindo a testa, mas sem deixar de sorrir. A presença de Malu me deixou mais animada, ele tinha um tipo de astral contagiante e positivo. Mas fiquei sem-graça em perceber que vi ele transando, porque isso é realmente uma coisa que não é da minha conta. Ninguém deveria olhar duas pessoas transando.

– Ei... – ele começou, meio com receio – deixa eu te perguntar uma coisa.

– O quê? – quis saber, olhando para a água e batendo meus pés de leve.

– Era você e o Jack perto daquela árvore onde eu...

Olhei para ele, confusa. Não confusa como se eu não tivesse entendido o que ele disse, mas porque eu não sabia se deveria responder a verdade ou algo do tipo "não faço ideia, não vi nada".

– Hum, era – acabei respondendo.

– Graças a Deus – ele suspirou. – Fiquei com medo que fosse algum dos contratados ou alguém que espalharia alguma fofoca.

Soltei uma risadinha.

– Não vou contar pra ninguém. E acho que Jack nem viu.

– E o que você e Jack estavam fazendo lá, hein? – Malu perguntou, tão indiscreto que eu tive que rir, mas não respondi nada. – Você deve ser superexperiente pra arrastar ele pra uma árvore.

– Eu sou virgem – disse pra Malu, querendo ficar irritada com ele, mas sem poder; afinal, eu sabia que ele tinha bebido umas, e se ele estava sendo atrevido dessa forma comigo, será que queria dizer que ele acha que somos amigos suficientes pra falar disso? – Jack que me arrastou pra lá.

– Ah, então você vai perder a virgindade com o Jack? – perguntou, sem debochar ou tirar sarro.

– Acho que sim – respondi.

– Isso é uma coisa e tanto num relacionamento, né? – soltou.

E então eu fiquei nervosa e perguntei num tom sério:

– Certo, qual é o problema de Jack? Por que você e a Molly se importam se vou fazer algo importante com ele ou se vou me apegar?

– Olha, não quero que você entenda mal, eu adoro o Jack, ele é meu *brother* – respondeu, na defensiva. – Eu torço muito por vocês e fico feliz de Jack estar com uma menina como você. É só que...

– É só que o quê? – perguntou uma voz que veio de cima.

Nós dois levantamos a cabeça em direção à voz e lá estava Jack, de braços cruzados olhando para nós dois com as sobrancelhas arqueadas.

– Você voltou! – sorri pra ele.

Jack se sentou de pernas cruzadas ao meu lado, me deixando entre ele e Malu, e perguntou me dando um beijo de leve:

– Sentiu saudades?

– Senti – respondi. – Sorte que o Malu veio me fazer companhia.

– Isso aí, você fica deixando sua menina largada aí, coitada dela – Malu riu, e eu me senti meio ofendida ironicamente.

– Coitada nada! Eu não estava nem chorando! – me defendi.

Jack e Malu riram.

Minha melancolia tinha passado e agora eu me sentia bem de novo. Quer dizer, não tão bem. Sentia que havia alguma coisa em Jack que incomodava as pessoas, por ele estar comigo ou por alguma outra coisa.

– E sobre o que vocês estavam conversando? – Jack olhou nos olhos de Malu, sem parecer bravo ou mal-humorado.

– Ah, nada – Malu respondeu antes que eu pudesse dizer alguma coisa. – Isso é algo que você que tem que dizer pra ela.

– Eu direi, não se preocupe.

Malu deu tapinhas amigáveis no meu ombro e se levantou, nos dcixando sozinhos. Me virei para Jack e perguntei:

– O que você tem que me dizer?

– Eu posso dizer depois? – ele perguntou, pegando uma mecha de meu cabelo e enrolando em seus dedos.

– Pode, contanto que diga – respondi, sorrindo pra ele e o beijando.

Uma bola grande e de plástico caiu na água, perto das minhas pernas.

– Ei, pessoal, vamos jogar! – Léo gritou do centro da piscina. Malu estava com ele, Thomas e algumas pessoas que eu não conhecia.

Jack se levantou, arrancou a roupa e caiu na água. Acho que estava de sunga, mas eu vestia uma cueca e um sutiã por baixo.

Não ia tirar aquele vestido por nada nesse mundo. Levantei e me afastei da água por medo de ser puxada ou coisa parecida.

Mas no momento que dei um passo pra trás, alguém me agarrou.

– Ou você se joga na água, ou tem que virar essa dose de vodca – ouvi a voz de Molly, que balançou um copo descartável bem na frente dos meus olhos.

– Falando sério, eu tô de cueca por baixo – sussurrei pra ela, em tom de socorro.

Ela suspirou, me soltou, bebeu a dose de vodca e gritou para os meninos, atirando o copo pra longe:

– Muito bem, rapazes, as duas estrelas mais *sexies* do filme de vocês já voltam!

Molly, que estava bêbada, passou o braço pela minha cintura e me levou em direção ao chalé que, pelo visto, era o reservado para os "melhores amigos". Eu levava as botas nas mãos, e quase escorreguei na grama.

– As mais *sexies*? – perguntei, rindo.

– Somos ruivas – ela respondeu, me deixando zonza com seu hálito. – Quer mais o quê? Não precisamos de mais nada!

Peguei minha bolsa e vesti meu maiô. Pensei em por meu vestido, mas Molly já tinha me puxado pra fora e corria comigo em direção à piscina. Entramos de uma vez.

Jogamos vôlei como crianças, por horas.

Comemorávamos um ponto como se fosse uma grande vitória, adversários espirravam água contra os outros e garotos levantavam as garotas ou se abraçavam em sinal de alegria, como se tivessem conquistado o mundo.

E eu realmente me senti encaixada ali. Afinal, eu era boa em esportes e gostei da sensação de me quererem no time. Aquelas pessoas eram diferentes de tudo que eu já tinha conhecido, mas estava me divertindo muito. A melancolia e o sono definitivamente tinham ido embora, expulsos pela água aquecida, o cloro e algo que eu não conhecia muito bem, mas que tinha descoberto: se chamava amizade.

Quando saí da piscina, senti meu corpo gelar e me abracei de frio. Eu parecia uma bêbada, mas de felicidade. Jack me abraçou por trás – ele tinha bebido, mas não estava bêbado – e, depois de gritar "boa noite", fomos andando desse jeito para o nosso quarto num dos chalés.

Deitei na cama e fechei os olhos.

– Ah, não! Até parece que eu vou te deixar dormir! – Jack riu e caminhou para cima de mim.

– Só cinco minutinhos – soltei, com um pequeno sorriso.

– Cinco minutinhos? – Jack perguntou. – É, acho que isso é suficiente.

Eu não sei o que ele quis dizer, mas não tive tempo para pensar. Meus sonhos começaram a me atacar numa velocidade alta, porém confortável e convidativa, me chamando para mergulhar dentro deles como se fossem a piscina aquecida de Malu.

Nele, por mais que não aparecessem pessoas sorrindo, tudo estava bem. A paisagem era quase tão magnífica quanto os meus sentimentos e tão intensa e duradoura como havia sido aquela noite.

Pude conectar cada imagem a uma pessoa que vi na paisagem de meu sonho. A árvore no meio daquele vasto campo era

Malu, afinal é dele o aniversário. A linda rosa que nasceu perto da árvore e se enrolava em seus próprios espinhos era Molly, com presença marcante, com o poder de fazer todos olharem para ela e a desejarem. Eu e Jack... Bom... Eu e Jack éramos as lindas joaninhas que...

– Laura? – ouvi uma voz poderosa adentrando em meu sonho.

– Hmmmm – gemi.

– Venha ver o que eu preparei – Jack me chacoalhou um pouquinho, insistindo em me acordar. – Você vai adorar.

Abri os olhos, me sentei na cama e bocejei.

– O que foi?

– Venha ver onde e como vou fazer dessa a melhor noite da sua vida – de pé e diante de mim, esticou a mão.

Quando eu o toquei e ele me puxou, senti como se meu sono tivesse desaparecido. Guardado o filme das joaninhas, dado *pause*, deixado para depois.

Jack me guiou para o banheiro de nosso quarto que, quando vi que tinha banheira, quase derreti. Mas quando vi que essa banheira já estava cheia, com a fumaça da água quente tornando o ambiente tão aconchegante quanto a própria cama, e que a banheira estava coberta com pétalas de rosa, quase desmaiei.

– Você deve estar pensando que esse não é meu estilo – ele começou a dizer –, mas eu meio que imaginei que fosse o seu, e fazemos coisas pelas pessoas quando gostamos delas, certo?

– Completamente certo – disse, maravilhada com aquela beleza que merecia uma foto.

Espera! Eu posso tirar uma foto! Corri para o quarto e peguei meu celular. Jack riu de mim, mas eu tirei uma foto! Ia revelar para colar no meu diário depois!

Gentilmente, Jack tirou o celular de minha mão e o colocou num lugar seguro, me beijou e começou a tirar meu maiô; fui levada pela sua harmonia e por isso não senti medo quando comecei a despi-lo também.

Descobri que Jack possuía tal poder. Esse poder de fazer as coisas fluírem de uma maneira tão natural quando elas parecem impossíveis de acontecer. Quando eu ia imaginar que o Jack, o cara tatuado, meio malandro, com cara de mau, ia colocar rosas em uma banheira para mim?

Ele diminuiu a luz. Não senti vergonha quando já sem roupas entramos na banheira, ele primeiro. Quase derreti naquela água tão quente, macia, acolhedora.

Acho que ficamos ali por horas. Curtindo o momento, nos beijando, fazendo carinho... E, finalmente, amor.

Nunca imaginei que minha primeira vez seria boa. Quer dizer, eu imagino que geralmente não seja, pelo menos quando li alguns depoimentos na internet. Parece que a maioria das meninas não se sentiu completamente pronta, confortável ou confiante na hora.

Eu, na realidade, também não senti confiança em mim, mas senti em Jack. Eu sabia que ele sabia o que estava fazendo e que não iria me machucar. De fato, ele começou devagar, e meio que continuamos devagar. Um, porque não queríamos derrubar água por todo o banheiro; e, dois, estava muito gostoso naquele ritmo.

Diferente do que eu sempre imaginei, eu fui por cima. Jack me guiou nesse trabalho, segurando em minha cintura, me moldando. Não falamos coisas safadas um para outro, ele de alguma forma sabia que não combinava com o momento.

Eu poderia dizer que foi um sonho, mas seria injusto, pois foi muito melhor – mesmo que seja meio clichê dizer isso.

Quando Jack gozou, foi a parte menos romântica, pois ele teve que se levantar e gozar fora. Mas, depois disso, ainda ficamos ali na banheira um tempo, até a água esfriar de vez.

Nos deitamos na cama um de frente para o outro, confortáveis em nossos cobertores de pena de ganso – duvido que algum dia irei dormir com um desses de novo.

– E então? – ele perguntou.

Sorri:

– Adorei.

De repente, algo desagradável me veio à mente. Me lembrei que Jack tinha alguma coisa pra me contar, a tal coisa que fazia as pessoas ficarem tensas perto dele, mesmo em relação a mim.

– Jack? Você está com sono? – perguntei, minha voz ecoou pela escuridão e não podia ter certeza se ele estava de olhos abertos ou fechados.

– Quer fazer de novo? – ele perguntou, rindo.

Soltei uma risada abafada e sem jeito:

– Ah, não... Eu queria conversar. Saber o que é aquilo que você tem que me contar – respondi com cuidado.

– Tá, vem cá – ele concordou depois de alguns segundos e me puxou para o seu peito. – Eu não sou bruto, sou?

– Não – respondi.

– Eu te machuquei enquanto a gente fazia?

– Só o esperado – dei uma risadinha e ele riu um pouco também. – Por que parece que as pessoas têm medo que a gente se envolva demais?

Jack suspirou e só depois de alguns segundos ele me respondeu:

– Porque eu já fui muito possessivo. Descontrolado – foi soltando aos poucos, e, aos poucos, fui ficando com medo. –

Mas eu já me tratei há alguns anos e está tudo bem agora. Acho que as pessoas têm medo de você se apegar muito a mim e eu a você, e que eu volte a ficar possessivo de novo.

Entendi. Faz bastante sentido. Não soube o que dizer, então não respondi nada. Jack me abraçou forte, me trazendo mais para ele, e beijou meu rosto.

– Mas não tenha medo de mim, tá? Eu nunca vou te machucar, ou me tornar possessivo demais a ponto de te arrancar dos amigos.

Mesmo porque eu não tenho amigos, completei em pensamento (se bem que, depois dessa festa, falar isso é meio injusto, pois estou começando a considerar o Malu).

– Eu não tenho medo de você – me mexi na cama e o beijei de volta. – Você é o meu salvador.

Eu admito que essa mania que as meninas têm – de quererem ser a luz do fim do túnel, a melhora de alguém – é um pouco autodestrutiva, mas ali nada disso estava acontecendo. Jack é que era a minha luz do fim do túnel, e quando ele estava possessivo e descontrolado – como ele diz – eu não estava perto. Ele saiu daquela sozinho e eu não vou deixar que isso aconteça de novo.

Depois de alguns minutos de silêncio, imaginei que Jack já estaria dormindo, então fechei os olhos e tentei me concentrar em coisas boas; afinal, pra mim não é muito fácil dormir na casa dos outros, não tenho muita prática.

Foi quando senti... Algo.

Jack me puxou mais pra perto de si. Estávamos finalmente naquela coisa que os enamorados chamam de "dormir de conchinha", que eu sempre tive vontade de experimentar. E, agora que estava acontecendo, eu me sentia muito realizada. Acho que todas essas coisas são superestimadas, mas mesmo assim eu estou muito feliz por finalmente conhecê-las.

Então senti... Mais alguma coisa.

Jack não somente me puxou mais pra perto dele, como mexia algo para ficar extremamente perto de mim. Estávamos deitados ali, sem roupa. Cobri os olhos com as mãos quando lembrei o que isso significava e senti vergonha por há pouco não ter tido vergonha de estar deitada sem roupa.

O rosto de Jack colou-se ao meu a ponto que ele se inclinava para – ainda não defini um apelido – colocar em mim. Dei uma risada baixinha, achei engraçado o seu esforço.

Percebendo que falhava, me virei pra ele e o beijei. Enquanto o beijava me movia mais para perto de uma forma que ele foi obrigado a se deitar normal na cama, uma de minhas mãos pegou nele e tentou, meio desajeitada, ir para cima e para baixo... Jack gemeu, e me puxou para subir em cima dele.

Me veio um frio na barriga. Quando entrou, eu estava ainda apertada e Jack gemeu ainda mais, por mais que não pudesse fazer muito alto. Mesmo comigo por cima, Jack conseguiu se sentar um pouco na cama, me segurou com as duas mãos e, à medida que eu me movia, Jack beijava meus seios.

Por um segundo me senti como Molly.

Alguma coisa diferente foi crescendo em mim por dentro, algo que parecia querer explodir.

Não sei como escrever esse tipo de coisa no meu diário, também não sei como contar esse tipo de coisa para Miriam, quer dizer, há poucas horas eu era virgem e há poucos dias eu era a garota que ninguém gostava... Mas ela é minha amiga, ela vai ficar contente por mim, vou escrever uma mensagem pra ela depois. De uma forma ou de outra, mesmo sendo amigas, vivemos uma vida muito separada. É o que a internet faz.

Não estudamos no mesmo colégio para ficar esbarrando uma na outra se acontecer alguma intriga, podemos ir atrás de turmas diferentes e continuarmos amigas numa boa; ela nunca ouvirá nenhuma fofoca sobre mim, eu nunca ouvirei nada que ela não queira me contar.

Eu poderia ficar pensando nessas coisas durante horas. Afinal... São quase seis da manhã e eu simplesmente despertei. Jack está dormindo, não se ouve um barulho, claro que todos também estão.

Estava pensando sobre aquilo que Jack disse, de ser possessivo... O quão é verdade? Quer dizer, as pessoas inventam coisas. Exageram coisas. Uma pessoa que bebe e fuma um baseado numa festa, e acorda com um amigo na cama, pode dizer que não sabia onde ou com quem estava durante um tempo, mesmo que isso não seja exatamente verdade.

Imagino se Jack exagerou, querendo ser vítima demais, ou parecer perigoso demais. Essa não foi exatamente a mensagem que ele me passou; pra mim, pareceu que ele quis dizer que estava bem agora, no controle, e que eu não precisaria me preocupar com nada. E se isso também for um exagero?

Tudo que eu sei é que eu tenho que confiar nele. Ele é o garoto que me viu quando ninguém viu, que me colocou entre amigos, que tirou minha virgindade; quer dizer, ele realmente me fez sentir especial. Mas por que então todos parecem preocupados?

Feche os olhos, Laura... Tente dormir... Ninguém pensa direito quando está com sono. Bom, eu não estou, mas acordei cedo demais, então alguma hora ele vai aparecer.

Eu já estava de olhos fechados, no milésimo carneirinho, quando ouvi risadas. Abri os olhos de repente e me sentei na cama, saí devagar e afastei a cortina da janela para ver se conseguia enxergar alguém.

Era Molly, Thomas, Malu e Léo. Estavam conversando lá embaixo. Então eles não dormiram ainda, ou pelo menos não estão dormindo. Coloquei uma roupa, calcei minhas botas e saí do quarto, fui pega por um ar gelado e quis voltar, mas continuei.

Desci as escadas lentamente para a porta do chalé e quando eu a abri senti outro baque de frio.

– Olha só! – Malu disse. – Acordou do além?

– Do além nada – respondi, me aproximando. – Acordei de um sono profundo... – estendi no "u" e eles deram risadas baixas. – Vocês não dormiram ainda?

– Ah, um pouco, mas tava todo mundo sem sono, então a gente veio conversar – disse Thomas. – Senta aí.

Sentei de joelhos no espaço da roda que me cabia. Molly estava abraçada no mesmo cobertor que Malu, sorri. De repente ela não estava num nível tão superior a mim e, olhando para ela daquela forma sonolenta em que ela estava, eu a achei muito linda. Como uma criança querendo ficar acordada até mais tarde só porque os pais a mandaram dormir.

– E então? – Malu perguntou pra mim.– Que achou da noite?

– Boa – respondi.

– Você e Jack conversaram?

– Um pouquinho, nada muito esclarecedor, mas acho que suficiente – respondi sem precisar perguntar do que ele estava falando.

Ninguém falou nada, então eu continuci:

– E vocês, conversavam sobre o quê?

– Ah, sobre um monte de coisas – Molly respondeu, falando antes dos outros. – É bom ter sossego pra falar com os amigos.

Sorri. Imagino que seja bom mesmo... Espero que isso aconteça outras vezes e que eu seja incluída.

– Você e o Jack se conheceram como? – Perguntou Thomas.

– Na escola – respondi. – Ele... meio que chegou em mim.

– Tara por ruivas! – riu Léo.

– Não, vocês já sabem – respondi, achando graça naquilo. – É por causa da tal da Giulia, ele veio me proteger. Cansou de me ver sendo atazanada.

– Hum, acho que foi isso mesmo que a gente ficou sabendo – Thomas disse, como se fosse um pensamento filosófico.

– Por que vocês não me dizem o que acontece com o Jack que deixa vocês meio assim? – perguntei, bem direta.

– Nós amamos o Jack – disse Molly, quase como um pedido de desculpas.

– A gente só tem medo que ele saia do controle – respondeu Thomas. – Ele só se envolveu mesmo com uma menina uma vez, não foi uma coisa muito legal.

– Não vamos entrar em detalhes – disse Malu. – Minha mãe é psicóloga, meus pais têm uma clínica, Jack foi tratado uma vez. Eles nem queriam que eu o visse, mas eu via que as visitas faziam bem a ele, ele não tinha muitos amigos, foi quando nos conhecemos.

– Isso faz tempo? – perguntei.

– Faz alguns anos – Malu respondeu. – Até hoje meus pais não gostam muito de Jack. Eles, mais do que ninguém, deveriam saber que todas as pessoas têm problemas e que, uma vez tratados, podem ser esquecidos pelos outros; mas tem alguma coisa em Jack que os deixa incomodados.

– Talvez seja o tamanho, Jack bota medo em qualquer um – Léo soltou sem pensar muito.

– Caramba, você fala como se ele fosse monstruoso – Molly disse, repreendendo Léo.

– Ele não é – respondeu Léo, na defensiva. – Mas ele tem muito músculo, já viu aqueles braços?

– Humm... Braços fortes de homem – Molly respondeu, olhando para Léo de uma forma que o fez ficar numa expressão inanimada.

– *Ok, you won* – Léo respondeu.

Isso é alguma coisa em inglês, mas não sei o que significa.

– *That's great* – disse Thomas. – *Do you guys want to play something?*

– Querem parar de falar inglês? – pedi, meio incomodada. – Aí eu não entendo nada do que vocês falam.

– Ah, é só uma mania – disse Malu.

– É porque eles gostam da língua – completou Molly, ao falar "língua", ela se virou para Malu e o beijou. – Mas então, vamos brincar de quê?

– Brincar? – perguntei.

– Foi o que Thomas disse.

– Ah...

– Ah, sei lá – respondeu Thomas, rindo um pouco. – De qualquer coisa que faça a Molly perder pra ela tirar a roupa.

– Ah não – rebateu Molly. – Só tiro a roupa quando *ganho* alguma coisa.

Rimos, se alguém fizesse uma piadinha *daquelas* comigo acho que eu me sentiria meio sem jeito, depois me sentiria bem imaginando que alguém ia querer tirar a minha roupa. Então pensei em Jack, de fato... Eu não preciso de pessoas me imaginando sem roupa, a única pessoa que importa imaginar é Jack, e tirarei a roupa quantas vezes Jack quiser que eu tire. Com ele eu não preciso sentir vergonha, ele faz eu me sentir bem.

Bocejei. Então Thomas e Léo bocejaram também, daquela forma gostosa que faz escorrer lágrimas de sono dos olhos.

– Acho que vou voltar pra cama – disse.

– Deixa eu te perguntar uma coisa – começou Thomas. – Você acha que o Jack é possessivo?

Tive que pensar por alguns segundos. Eu não conheço o Jack há tanto tempo nem tão bem assim do jeito que Thomas conhece, eu não queria mais falar sobre isso, mas tive que pensar. Durante a festa, eu pude ir sozinha para alguns lugares, houve momentos em que ele também me deixou sozinha, conversei com outras pessoas e não só com ele. Então acho que não.

– Não – respondi para Thomas. Não respondi de uma forma muito natural, estava cansada. Não quero mais falar sobre isso, pra mim o Jack é perfeito do jeito que ele é.

Todos eles me olharam durante alguns segundos. Espero que tenham entendido a mensagem sem ficarem chateados, porque eu não quero magoar ninguém. Mas, quando eles falam assim sobre a pessoa que eu gosto, *me* magoam.

– Aí está você – ouvi uma voz risonha atrás de mim.

Me virei e sorri para Jack, ele sentou atrás de mim, deixando que eu me apoiasse em seu corpo.

– Nossa... Outro que acordou do além – Léo zombou.

– Ele deve ter sentido o espaço vazio enquanto se mexia na cama – Molly tomou o partido de Jack, sorrindo meio maliciosa. – E acordou assustado, sentindo falta da sua amada.

– Assustado não é bem a palavra – Jack acrescentou. – Mas acordei sentindo o vazio, sim.

– Eu já ia voltar – disse para Jack, com voz sonolenta.

– O que vocês estavam fazendo? – Jack perguntou.

– Bolando algum jogo em que Molly tenha que tirar a roupa – respondeu Léo. – Foi ideia do seu irmão.

Jack riu:

– Por que a gente não joga o jogo da verdade?

– Meu Deus! Você quer amanhecer de ressaca! – zombou Malu, rindo e batendo palmas.

Eu não entendi, franzi a testa enquanto tentava conectar uma coisa com a outra. Acho que a pessoa tem que beber se não quiser responder.

– Vamos jogar – insistiu Jack, me rodeando com seus braços enquanto ia um pouco para frente.

Um minuto de silêncio se estendeu e por algum motivo – que não conheço – eu me senti meio estranha, meio incomodada. Assim que esse momento de silêncio passou, eles concordaram.

Malu se levantou dizendo que ia pegar os copos, e Molly pareceu muito satisfeita de ter o resto do cobertor só pra ela.

– Mas a gente não vai poder ficar desse jeito – Jack sussurrou no meu ouvido. – Senão, não dá pra saber pra quem vai a pergunta.

– Mas eu gosto desse jeito – respondi. – Parece que somos um só.

Jack deu uma risadinha, mostrando que tinha gostado do que falei. Beijou meu rosto e se afastou, sentando do meu lado.

– Não se preocupe, vai ser legal – ele disse.

– Nunca joguei jogo da verdade – confessei. – Também não sei se tenho coisas interessantes pra dizer, ou perguntas criativas para fazer.

– Existe primeira vez pra tudo – Malu respondeu, voltando com um copo e com uma garrafa de vodca.

– O que a gente vai girar? – perguntou Thomas.

– Aqui – Molly estendeu o celular.

– Posso começar? – pediu Jack.

– Vai – disseram os outros, em coro.

Enquanto eles acertavam qual ponta perguntava e qual ponta respondia, eu observei o círculo. Estávamos mais ou menos assim:

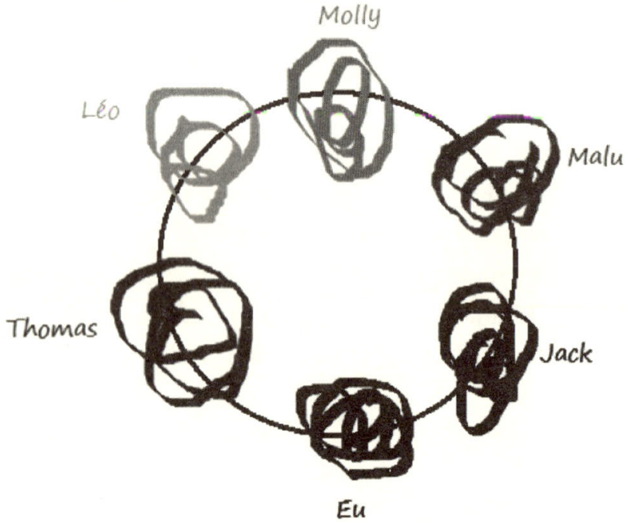


Thomas finalmente girou o celular e Léo fez de Jack a primeira vítima. Léo olhou para Jack com seus olhos bolando alguma coisa específica, Jack ergueu as sobrancelhas em sinal de que poderia responder qualquer coisa. Ri disso, parecia um duelo de olhares e pensamentos.

– Ah, é só a primeira pergunta – Léo disse. – Quando foi a última vez que você fez sexo?

Jack mordeu o lábio e olhou pra mim, eu simplesmente encolhi os ombros e sorri com um pouco de vergonha. Ao fazer isso, Jack nem precisava mais responder, todos já sabiam.

– Ontem à noite – respondeu. Esperou a risada dos demais, olhos esbugalhados voltados em nossa direção, e então ele girou o celular.

Coitadinho do celular, aliás.

Molly para mim. Minha barriga se encolheu num arrepio. Contudo, Molly não me olhou nos primeiros segundos, e sim para Jack, depois me encarou e soltou:

– Numa escala de um a dez, o quanto foi bom?

Senti meu rosto corar – mesmo não sendo uma ruiva natural – e respondi sem querer perder tempo:

– Onze.

(Não que a minha primeira vez fosse algo mensurável).

Molly piscou para Jack assim que eu respondi, ele deu um soco no ar em sinal de "orgulho" e eu ri. Girei o celular. Molly para Thomas.

– Não vale, ela já perguntou – disse Léo.

– Não tem problema, deixa pra próxima – Molly respondeu e encarou Thomas. – A sua tá guardada.

– Uuuui – brincou Thomas, e então se voltou pra mim. – Gira de novo.

Girei de novo sentindo certa tensão no ar. Thomas para Malu.

– Você compartilharia uma gata na cama com seu amigo? – Thomas foi direto.

Malu encarou Thomas, ele não sabia se ria ou se ficava sério, sua expressão estava confusa. Em seus olhos parecia que ele perguntava "qual é a sua, cara?". Quando olhei pra Molly, ela tinha as mãos na nuca e olhava para baixo, vi que Léo e Jack se entreolharam. Jack olhou meio preocupado para o irmão. Teria Thomas facilidade pra se meter em encrenca?

– Dez segundos! – disse de repente e dando um pequeno susto em todos. – Não tem que ter um tempo e daí quando esgota a pessoa bebe?

– Boa ideia – disse Léo. Começaram a contagem regressiva e então Thomas pegou o copo e colocou uma dose de vodca dentro.

Virou. Thomas sorriu.

– Não querendo dizer nada você disse muito – Molly disse pra Malu, que balançou um pouco a cabeça estremecendo por causa da bebida.

Malu girou o celular. Molly para Jack.

– O que você tatuaria na Laura?

– O que ela quisesse – respondeu Jack, sem nem precisar de tempo para pensar. Sorri.

– Suponhamos que ela não saiba o que tatuar – Molly continuou, com cuidado pra ver se seria interrompida ou não – e pedisse pra você escolher.

– Acho que um Pégaso – respondeu, olhando para mim e se inclinando pra beijar meu ombro.

Sorri de volta.

– Por que um Pégaso? – indagou Molly, provavelmente aquela não era a resposta que ela queria.

– Ah, já tá perguntando demais – respondeu Jack, e girou o celular.

O celular ficou de um jeito que tivemos que formar uma linha imaginária pra saber para qual direção ele estava apontando. Concluímos: Léo para mim.

– Suponhamos que exista outro cara – ele começou e olhou por um segundo para Malu – que te ache legal e que você também ache ele legal e tal. Você está namorando o Jack, suponhamos que já faça um tempo e meio que o relacionamento não anda bem, você trairia Jack com esse cara?

– Lógico que não – respondi de imediato, que pergunta mais imbecil. – Dã!

Girei o celular. Molly para Thomas. Quando o celular tomou essa direção, outra tensão ficou entre nós. Molly havia dito que a pergunta de Thomas estava guardada e agora seria revelada.

– Qual é o tamanho da sua vontade de me ver nua?

Estranhei a pergunta, meio de gente convencida. Eu e Jack nos entreolhamos, ele tinha um olhar que não sabia se achava aquela pergunta engraçada ou só ruim.

Thomas ergueu a garrafa e encheu o copo ainda mais do que Malu havia enchido, isso significava o quê? Que aquele era o tamanho de sua vontade? Virou e enquanto fazia isso Molly o olhava de uma forma como se quisesse decifrá-lo.

– Não sei por quê – disse Léo, olhando para os amigos com certa estranheza –, mas acho que vai sair fogo daqui hoje.

– *I hope not* – disse Thomas, e girou o celular.

Acho que vou ter que começar um curso de inglês. Jack para Molly.

– Com quantos caras você já fez sexo?

Molly olhou com cara de ponto de interrogação para Jack, então riu e pegou a garrafa.

– Poxa, não é uma pergunta difícil! – lamentou Jack, revoltado.

– É que eu não sei! – Molly respondeu em tom de protesto. – Se você tivesse perguntado quantas mulheres, aí seria fácil, mas homens, homens, eu não sei.

– É que foram muitos – ironizou Léo.

Mulheres? Molly já teve relações com mulheres? Mas que coisa, meio incomum pra mim, por mais que seja bem natural hoje em dia. Sorte da Molly que ela não mora aqui, seria tão massacrada quanto eu. Então pensei em Giulia, ela também era fã de mulheres. Não soube o que fazer com esse pensamento, então tentei dispersá-lo.

Molly virou.

Com o passar o tempo, descobri que Léo já havia transado com muitas meninas; que Malu tem uma tara, tipo um fetiche, por mulheres comprometidas; que Thomas, até agora, só tinha se apaixonado uma vez; que o lugar mais estranho que Molly já transou foi numa rampa de skate.

Sobre Jack eu descobri coisas interessantes: que a pessoa que ele mais sente saudade nesse mundo é a mãe; que precisa sempre estar se controlando pra não beber demais; que o pior sexo que ele já fez foi com uma menina que não se segurou e fez xixi bem na hora – ele disse que o xixi não tinha cor ou cheiro, mas que que era muito e que deixou ele bastante confuso sem saber direito do que se tratava – senti um pouco de nojo e prometi que nunca deixaria isso acontecer comigo; descobri que ele já havia fumado maconha; que não gosta muito de festas, por mais que goste de lugares escuros e lotados. Quando perguntaram quem ele mataria, ele respondeu "o pai"; quando perguntaram do que ele mais tinha gostado em mim, ele respondeu que do meu jeito.

E sobre mim eles acabaram descobrindo que minhas respostas não eram tão cheias de aventuras quanto às deles. Descobriram que minha vida está meio que começando agora, que Jack é o primeiro garoto que tive contato, além de ser o primeiro de que gostei, que eles eram a primeira turma com quem eu havia andado, que eu nunca tinha sido convidada para uma festa antes. Também me fizeram várias perguntas elaborando situações, e a maioria delas tinha Jack, "o que eu faria se Jack fizesse tal coisa". Bom, ele acabou descobrindo que estarei ao lado dele não importa o que aconteça – fiquei meio com medo dessa parte porque imaginei que Jack poderia me achar grude demais, mas eu fui sincera e, pelo visto, Jack gostou, porque sorriu pra mim. Nenhuma pergunta foi difícil ou realmente embaraçosa de responder, então não acabei virando a bebida nenhuma vez.

Também descobri algumas coisas meio polêmicas: que Molly acha que o aborto deve ser legalizado; que Jack tem um pouco de preconceito contra homens gays; que Malu pensa que traição pode ser perdoada; que Thomas acha que existe o inferno descrito por Dante (por mais que tenha assumido que nunca leu o livro, por ser muito difícil; apenas leu resumos na internet e ouviu outras pessoas contando, além de ter visto filmes).

Mas a parte que eu mais gostei foi quando disseram: "nada vai sair daqui, estamos entre amigos, ninguém vai sair espalhando, certo?". "Certo".

Depois que amanheceu e ao longo do dia, tirei algumas fotos. Curtimos um pouco mais a piscina, mas tivemos que ir embora logo pra deixar a Molly na rodoviária e voltar para a nossa vida normal.

Segunda-feira chegou como um balde de água fria. Tive que ler meu diário pra refrescar minha mente e me lembrar do que tinha acontecido com Giulia e comigo no dia em que Jack mandou uma parte daquele vídeo pro celular dela – não tinha acontecido nada.

Geralmente, quando entro na escola, ainda não tem ninguém. Mas lá estava Giulia, sentada sozinha numa das mesas. Caminhei até ela e me sentei na sua frente:

– Você vai parar? – perguntei.

Giulia não disse nada por longos minutos. Continuei encarando-a, e continuaria, e continuaria, até ela falar. Não importava o quanto demorasse.

– Você acha realmente legal enviar vídeos de sexo pelo celular? Sabe o que vai acontecer se as pessoas descobrirem que eu gosto de *ménage* com garotas porque não sou a fim de garotos? – ela largou as perguntas pra mim, inconformada e tomando muito cuidado pra não erguer demais a voz.

– Não quero saber – respondi, franca. – Mas você se colocou nessa posição. Sabe, eu não me importo que as pessoas saibam que eu não tenho dinheiro, que sou uma deslocada, que namoro Jack mesmo ele sendo tão singular quanto eu, porque isso não muda quem sou – respirei fundo. – Posso ser transparente a ponto de todo mundo saber da minha vida, mas eles sabem porque *você* faz dela uma novela. Pelo menos *eu* não tenho nada a esconder, nem uma imagem pra manter.

– Mas eu tenho! – ela bufou pra mim, com raiva.

– Problema seu – respondi, levantando. – Se o vídeo fosse meu você não pensaria duas vezes, acho que o Jack também não vai pensar.

– Vou denunciar vocês para Ângela – ela ameaçou, com um tom de voz triunfante.

Parei e me virei para ela:

– Três dias de suspensão vai livrar você de sua vergonha?

Antes que pudesse fazer ou falar qualquer coisa, uma menina loira e bastante estilosa foi até Giulia com um entusiasmo um tanto exagerado e uma foto na mão. Reconheci a garota do bar da sinuca e me perguntei o que ela estaria fazendo aqui – ela nem estuda aqui.

– Giulia! – ela disse, empolgada. – É você mesmo nessa foto?

Vi a foto quando a menina mostrou, ela foi tirada do vídeo e estava um tanto escurecida. Ergui as sobrancelhas em admiração.

– Lógico que não – Giulia respondeu.

– Ah, então me enganei – a menina guardou a foto, piscou pra mim e saiu.

Ela não estuda aqui, mas com certeza Giulia nunca reparou em todas as pessoas do colégio pra saber quem estuda aqui e quem não. Fui atrás da menina e toquei em seu ombro quando ela já estava quase no portão:

– Oi! – ela sorriu pra mim.

– Oi – tentei sorrir. – Foi Jack quem te deu essa imagem?

– Foi – ela admitiu. – Eu devia um favor a ele, então concordei em ajudar no plano. Ele me disse que estariam aqui de manhã, parece que ele conhece vocês muito bem.

– Hum... – balbuciei. – Já está indo? Assim... Pelo portão?

– Pra que pular o muro? – ela deu umas risadinhas. – Ninguém aqui se importa se você sai ou não, pra que tentar fazer as coisas da maneira difícil quando você pode facilitar?

– Verdade – respondi e sorri. – Até mais então, e obrigada.

Ela piscou novamente e se foi.

– Foi tão engraçado! – eu disse, contando para meus pais na hora do almoço – Quer dizer, eu achei engraçado depois. Mas, mesmo assim, Giulia fez uma cara como se estivesse prestes a espumar.

– Olha só, minha irmãzinha aprendendo a se defender – disse Claud, de boca cheia.

– Fazer terrorismo com uma menina por causa de uma foto em que ela pode parecer mais sexy que o normal não é muito a sua cara – Alice falou, tomando um gole de suco, como quem quer disfarçar.

– Não quero fazer terrorismo – expliquei. – Só é bom que ela saiba que, se continuar me atazanando, Jack tem algo que ela não pode não querer que as pessoas vejam.

– Mas ela já não viu a foto? – perguntou minha mãe.

– Não, na verdade é um vídeo que ela meio que confessa que é lésbica – respondi, simplificando ao máximo.

– Não é crueldade espalhar esse vídeo por aí? – meu pai perguntou.

– Ninguém quer espalhar esse vídeo – expliquei de novo. – É só pra ela parar.

– E essas coisas os estudantes geralmente não escondem dos pais? – meu pai perguntou, arqueando as sobrancelhas.

– É que se ela for falar com a diretora e chamar vocês, quero que entendam que há uma boa razão – dessa vez fui eu que me escondi atrás de um gole de suco. – Agora tenho que tomar banho, porque marquei de me encontrar com Jack.

– Juízo! – gritou minha mãe enquanto eu subia as escadas.

Eu estava bastante animada naquela tarde, afinal, naquela manhã – depois do negócio com a foto –, Giulia fingiu que eu não existia, e quando os irmãos foram tentar me zoar com alguma coisa na hora do intervalo, ela os chamou de idiotas e disse que tinha superado.

Tomei um banho gostoso e tranquilo, vesti minhas roupas de sempre, peguei o celular e saí para ver Jack. Eu o encontraria na casa dele. O combinado era passar o dia juntos, fazendo qualquer coisa que viesse na cabeça.

Jack estava no estúdio quando cheguei, ele discutia desenho com um cara enquanto Thomas tatuava uma moça. Ela parecia ter vindo com a roupa ideal para Thomas escolher *em qual parte* era melhor tatuá-la, mas ela não era de fato bonita.

Fui para trás do balcão com Jack e olhei o desenho que os dois discutiam. Eu não ia me meter, e Jack estava tão concentrado que não me deu atenção.

– Você tem certeza? – Jack perguntou, e pelo visto era a milésima vez.

– Tenho – o cara respondeu. Parecia meio gótico, tinha batom preto nos lábios e era magrelo, como a maioria dos góticos.

Observei o desenho, era uma mistura de um monte de coisas, uma faca, um coração, no fundo havia uma ave que parecia um corvo sangrando; embaixo, alguns túmulos. Os desenhos eram benfeitos, mas juntos pareciam brigar.

– É para expressar todo o meu ódio desse mundo – o cara meio gótico falou, e então achei que talvez ele fosse mesmo um emo – Está vendo? O corvo sou eu.

– Humm... – balbuciou Jack, olhando pra imagem, provavelmente procurando no desenho as palavras que o cara havia acabado de dizer. – Tudo bem – concordou por fim. – Quando você quer começar? Logo...? Ou...

– Não, já tenho dinheiro guardado. Posso voltar amanhã?

– Claro.

Então o sei-lá-que-estilo saiu. Jack estralou o pescoço, depois se virou pra mim e me beijou:

– Olá, desculpa, eu tô meio ocupado... Sei que eu disse que a gente ficaria junto...

– Posso ficar aqui enquanto você trabalha? – perguntei. – Vou gostar de te ver trabalhar!

Jack olhou pra mim por alguns segundos e então sorriu:

– Então tá, fica sendo meio que minha ajudante hoje.

– Oba!

– Hey, Jack – um cara alto, fortão, de cabelo longo e castanho-claro entrou com uma camisa rasgada e pose de mau. – Vamos fazer a minha?

– Claro, cara – Jack respondeu e foi até ele.

Me sentei atrás do balcão e peguei uma das pastas de desenho que estavam ali por cima. Imagino que as pessoas que veem essas pastas não são muito capazes de desenhar a própria tatuagem ou, se são capazes, estão interessadas em ver qual é o estilo do tatuador.

Olhando para aquelas imagens – parecia ser a pasta de tatuagens pequenas – fiquei até com vontade de tatuar uma. Como eu faço parte do grupo que não desenharia a própria tatuagem, comecei a vasculhar para ver se encontrava um desenho que me agradasse.

Parei em uma flor de lótus.

O dia passou meio tedioso pra mim, mas foi legal ajudar os caras que pediam pra ver as pastas, as meninas que queriam opinião. Atendi as pessoas que entravam para ver Jack ou Thomas, e até fiz a cobrança de uma tatuagem (bem, recolhi o dinheiro que o cara estava entregando).

Passando algumas horas, o estúdio ficou vazio e tranquilo. Jack e Thomas vieram até mim.

– Oi, Thomas – sorri pra ele.

– Oi, cunhada – ele respondeu, com sua falta de emoção de sempre.

– Você gostou de algum desenho? – Jack perguntou.

– Ahã – respondi, e comecei a procurar o desenho que tinha gostado. – Essa flor de lótus.

– Ah, ela é linda mesmo – Jack falou. – Onde você tatuaria?

– Não sei – respondi, sincera. – Se eu fosse tatuar, teria que ser em um lugar que meus pais não vissem.

– Sei um lugar perfeito – Jack sorriu malicioso.

– Ah, me poupem – Thomas resmungou e saiu de perto da gente, indo fazer qualquer outra coisa.

– Sério? – perguntei para Jack, em voz baixa. – Você já tatuou... Lá?

– Tatuei algumas meninas que queriam uma tatuagem naquele lugar, sim – respondeu. – Mas sabe o que dizem? Quanto mais branca a pele, mais bonita a tatuagem.

Pensei por um momento.

– Elas deram em cima de você?

– Não – ele riu.

– Mas daí elas tiraram a calça aqui mesmo na frente de todo mundo?

– Geralmente essas meninas não têm muita vergonha...

– Hum... – balbuciei. Voltei minha atenção para a flor de lótus, imaginando como ela ficaria em mim. – Acho que eu tatuaria essa flor, mas bem pequena.

– Lá naquele lugar, mesmo? – Jack perguntou, rindo. – Ficaria linda em você.

– Ah é? – gracejei, também rindo. – Mas não. Nem tenho dinheiro.

– Quer que eu tatue? – Jack perguntou. – Faço de graça, vai ser uma prova do quanto eu gosto de você.

Corei quando ele disse essas palavras, e não parou:

– Daqui a um tempo, quando a gente perceber que gosta mesmo um do outro, eu vou te dar outra tatuagem, como prova de amor.

* * *

Então... concordei.

Mas depois fui pega pelo medo.

– É melhor deixar só pra prova de amor – ri.

– Vai dizer que tem medo de agulha! – ele zombou de mim, e tive que admitir que tinha um pouco.

Jack se aproximou ao dizer isso, seu rosto ficou tão perto do meu que corei.

– Um pouquinho – respondi em um sussurro. Então nos beijamos.

O beijo de Jack foi suave, lento, romântico. Com um gosto adocicado de licor de cassis e meio infantil como chocolate. Esse seu beijo, que não me convida para transar e, sim, a passar um bom momento juntos é tão sutil que parece lilás.

Aposto que se algum dia eu beijar outra pessoa, o beijo não será tão cheio de cores e gostos como este.

Sorri pra ele quando se afastou.

– Você quer subir? – perguntou. – Estou com uma vontade meio louca agora.

Sorri e concordei beijando-o.

Seu jeito de fazer é um jeito meio mágico. Jack é um garoto grande, alto, forte, mas tem delicadeza comigo na cama. Seus beijos passam por meus lábios, meu queixo, se demorando em meu pescoço e encontram meus seios com tanta vontade e fome que quase enlouqueço. Suas mãos ora acariciam meus cabelos, ora me seguram com força e desejo.

Estar na cama com Jack, em seu quarto dominado pela escuridão, com a porta trancada e ouvindo seus gemidos me faz ter um friozinho na barriga.

É engraçado que Jack não tenha o melhor quarto da casa. Existem três quartos na casa, o dele, o de Thomas e o antigo quarto dos pais, que é um pouco maior e tem banheiro; é estranho nem Jack nem Thomas quererem ir pra lá, mesmo que Jack tenha tomado para si a cama de casal. Não quero pensar nessas coisas agora... Não quero me distanciar desse momento...

O gemido de Jack fica vagaroso enquanto goza em mim, como quem recupera o fôlego, ele entrelaçou as mãos em meus cabelos com força. Então sorriu, me beijou, saiu de cima de mim e deitou-se ao meu lado, puxando-me para seu peito.

– Você é incrível – ele disse.

Sorri.

– Você que é.

– Eu não quero perder você nunca – ele me disse, aos poucos. – Nem que as coisas não deem certo entre nós.

– Não quero pensar que existe essa possibilidade – respondi, brincando com seus dedos.

– Nem eu, mas... os relacionamentos não duram pra sempre – continuou. – Se o nosso não durar, quero pelo menos continuar sendo seu amigo.

– Nunca me trate mal. Assim nunca ficaremos longe um do outro – disse, beijando seu rosto.

Jack sorriu.

O tempo passou como se não existisse, ou como se fosse invisível. Pelo menos eu não o vi.

O Natal chegou, com ele mais uma festa na casa de Malu. No Ano Novo, Jack e eu passamos com minha família, mas não nos vimos muito nas férias de janeiro porque minha família quis viajar – parece que meu pai estava com algumas boas promessas de emprego. Entrei no primeiro colegial, e Jack, no terceiro – ele não estava nem um pouco animado com o ano da formatura. Disse que ia ser chato quando se formasse porque não me encontraria mais na escola. Retruquei justificando que eu que deveria dizer esse tipo de coisa.

O tempo continuou passando, Jack e eu ainda tínhamos um relacionamento muito bom e, mesmo que muitas pessoas digam que os relacionamentos mudam, de repente, do nada, fizemos um ano de namoro. Resolvemos comemorar com uma viagem. Fomos ao cinema em outra cidade – a minha primeira vez – e comemos coisas diferentes, que não existem em Tateó. Foi muito engraçado transar no shopping – eu havia visto uma escada e quis subir para ver o que tinha em cima, mas não tinha nada nem ninguém, Jack foi atrás de mim e de repente estávamos lá, fazendo. Ele gozou fora, no chão. Acredito que se alguém vir aquilo vai ficar meio confuso. Depois que descemos, normais como se nada tivesse acontecido, fui ao banheiro e me olhei no espelho: eu tinha acabo de fazer sexo. Olhei para outras garotas, elas não tinham. Me senti empolgada, e tudo estava melhorando. Minha mãe uma hora ou outra vinha me perguntar se estava tudo bem entre mim e Jack, dizendo que eu parecia chateada, mas eu conheço esse truque de "você parece chateada". É um truque em que a pessoa se sente bem porque foi notada e, mesmo que esteja tudo bem, tenta encontrar algum motivo para a outra pessoa ter razão e aí começam a conversar. Algumas pessoas são assim, acredito que não a maioria, mas enfim. Acontece que não sou mais carente e eu não vou inventar um motivo para não estar bem. Porque estou ótima, tudo está ótimo. Molly veio mais vezes para a cidade, chegamos até conversar em trio – eu,

Miriam e Molly – para a Miriam ficar inteirada, já que, apesar de agora eu ter amigos, ela ainda é a melhor de todas. Eu e Miriam continuamos a conversar, principalmente por mensagens, todos os dias. Jack e eu chegamos a um ponto de nosso relacionamento, eu havia contado a ela, que meus pais nem ligavam mais que eu dormisse na casa dele. Miriam ficou feliz por mim.

Ah, caso seja muito importante, Giulia não me encheu mais o saco. Parece que ela ficou mesmo com medo de que aquele vídeo vazasse, e isso foi muito bom, afinal, não quero que a história de minha vida seja sobre *bullying*, não quero ser um alvo e nem depois ser dada como um exemplo. Quero que a minha história de vida seja a de uma menina apaixonada por um tatuador que também está superapaixonado.

O problema de namorar um tatuador é que a aliança passa a ser original demais. Quando ele sugeriu uma aliança, usando as palavras "algo simbólico pra materializar que a gente se ama e tal" eu não imaginei que seria *desse jeito*.

Quando ele falou em fazer alianças de tatuagem eu concordei na hora, mas agora estou tremendo de medo como um bebezinho.

– Ai..., meu Deus – disse pela milésima vez naquele minuto, sentada numa das cadeiras do estúdio de tatuagem.

– Laura, *come on*... – disse Jack, zombando. – Não vai doer nada e, se doer, eu juro que paro. Se você continuar tremendo não vai dar certo.

– Mas, mas... – comecei de novo. – Será que é uma boa ideia? E se meus pais vissem?

– Vai ser uma tatuagem branca! – Jack riu de mim, não acreditando no meu medo – Uma coisa simbólica, lembra?

– Branca? Mas que chato – me virei para Thomas, que estava ali sentado ao meu lado, bem Thomas mesmo, comendo pipoca como se assistisse a um show. – O que aconteceu com a minha boa ideia daquela tinta que brilha no escuro?

– A princesinha achou muito arriscado – respondeu Jack. – O rei e a rainha vão surtar.

– Iam mesmo! – eu disse, rindo – Parem de zombar de mim!

– Não estamos zombando de você – Jack beijou a minha mão. – Se você preferir, nós esquecemos essa história.

– Estamos só zombando um pouco – Thomas respondeu, comendo pipoca e me impedindo de dizer "mas eu quero!".

– Por que você está aqui? – perguntei a ele, meio grossa.

– Para o caso de você dar pra trás quando chegar a vez de tatuar o Jack – Thomas respondeu, com um sorriso cínico e arqueando as sobrancelhas.

– Ai, Deus... – disse, e me recostei na cadeira.

– Bom, vamos fazer isso ou não? – Jack perguntou, sorrindo como se achasse graça.

– Vamos – respondi, séria. – Eu posso fazer isso – fechei os olhos.

– Ela vai ficar de olhos fechados! – Thomas exclamou, rindo de mim.

– Shh! Preciso me concentrar! – ouvi Jack dizer, mas não abri os olhos.

– Por quê? Se você errar ninguém vai ver... Não vai aparecer a tinta branca na pele dela.

– Cale a boca – Jack disse para Thomas. – Se eu errar, vou rabiscar uma tatuagem na sua cara.

– Tá bom, tá bom... – Thomas respondeu emburrado, ouvi o som de pipocas sendo mastigadas. Não consegui abrir os olhos, mesmo que tivesse dando uma risadinha.

– Você vai sentir umas agulhadinhas – Jack disse, calmo. – Mas vai ser bem rápido.

Concordei com a cabeça. Me recostei na cadeira e tentei deixar a mente solta. Senti uma fisgada de dor quando Jack começou, mas, à medida que ele continuava, meu corpo se acostumava com a sensação, lidando com a minha mão para que ela não atrapalhasse demais. Não consegui identificar se havia algum desenho na aliança. Bem, no rascunho que tínhamos feito, a aliança era bem comum, com algumas voltinhas no meio (senti as voltinhas, eu acho, mas não conseguiria dizer o que exatamente Jack estava tatuando). Senti ele virar a minha mão, senti um arrepio. Me concentrei no som das pipocas mastigadas de Thomas. Demorou apenas alguns segundos, então senti Jack parar e abri os olhos. Olhei para minha mão, meu dedo estava avermelhado.

– Que legal! – finalmente disse, empolgada. – Minha primeira tatuagem!

– Seria a segunda se você tivesse me deixado tatuar aquela flor na sua... – Jack começou, mas Thomas interrompeu:

– Muito bem! Sua vez, senhorita das dores!

– Meio desapontada, porque não dá pra ver, digamos, a olho nu? – Jack perguntou, ignorando Thomas.

– Claro que não – respondi, sorrindo com ternura. – Eu adorei, mô.

Então nos beijamos. Hum... É tão gostoso chamar o Jack de "mô".

– Sua vez agora, pronta? – Jack se levantou da cadeira e trocamos de lugar.

– Mas o Thomas não teve meio que praticar muito pra te tatuar o elefante? – Perguntei, insegura.

– Teve, mas a tatuagem que ele fez em mim não foi um gesto simbólico de amor entre irmãos – Jack respondeu.

– Ah, não? Que ilusão! – Thomas exclamou, parecendo inconformado.

– E você também não vai começar a trabalhar aqui – Jack continuou.

– Hum... – balbuciei. – Só vou ao banheiro – levantei. – Vão trocando a agulha ou... façam qualquer coisa que precise ser feita, já volto.

– Você não vai fugir! – Jack gritou, rindo enquanto eu me distanciava.

No banheiro, olhei para meu dedo e sorri, mesmo que a tatuagem fosse imperceptível. Tenho que mandar uma mensagem para Miriam antes de tatuar Jack!

Jack me fez uma tatuagem!

Não levou um minuto para ela me responder:

Queeeeê?

Uma aliança! Mas é na cor branca, não dá pra ver.

Sua maluca! Seus pais deixaram?

Se meus pais tivessem deixado não precisaria ser branca.

Na verdade, eles nem sabem, e nunca vão saber, diga-se. Se souberem, vão achar que endoidei.

KKK! Verdade!

Agora eu que vou tatuar uma nele!

Sério?! Mas como que se faz?!

Eu não sei! Acho que o Thomas vai me ajudar, vou pedir pro Jack ficar de olhos fechados também...

Pera, você ficou de olhos fechados?

Fiquei... >.<

Kkkk!!! Medrosaaa! Um tatuador namorar uma menina que tem medo assim não combina, heim!

Sorte pra ele e pra mim, não sou a melhor cliente;P Agora tenho que ir, preciso ir tatuar Jack, me deseje sorte.

Seja o que Deus quiser.

Eu disse pra me desejar sorte! T.T Não uma indireta como se Jack estivesse em perigo de morte!

Nunca sem sabe. Bom, boa sorte;) Entra depois na internet pra gente conversar, quero te contar umas coisas sobre o novo garoto da minha rua;P

Okay! Até mais!

Xo!

Depois de trocar essas mensagens com a Miriam eu me senti mais confiante. Voltei lá e Jack se aproximou, com um tipo de gaze em mãos. Primeiro, me deu um beijo.

– Eu sei que a tatuagem é pequena – ele disse, olhando bem de perto. – Olha, até que dá pra ver melhor do que eu pensava! Bom, enfim, mesmo que a tatuagem seja pequena é melhor tomar os devidos cuidados de sempre – ele colocou na tatuagem algo parecido com um curativo. Observei enquanto ele fazia isso e achei bonitinho. – Tem uns cuidados que você tem que tomar por uns dias, tá? Depois te explico tudo direitinho... Vou cuidar dos bagulhos e aí você pode fazer em mim, tudo bem?

Então fiquei com medo de novo.

– Mas, e se você se machucar? – perguntei choramingando.

– Não tem como você me machucar – ele sorriu. – A não ser que, de repente, você fure meu olho ou...

– Jack! – quase gritei.

– Brincadeira, Laura! – ele riu de mim. – Vai lá com o Thomas, eu já vou..

– Tá bom...

Fui até o Thomas, que estava folheando a pasta de desenhos.

– Se eu falar uma coisa você não leva a mal? – perguntei.

– Pode falar – ele respondeu, sem parar de olhar para os desenhos. Thomas é meio impessoal, sorte que me acostumei, senão eu ia achar que ele estava sempre bravo.

– Nunca reparei que vocês tomam os devidos cuidados.

– Por que deveria? – Thomas riu, olhando para os desenhos. – Você é uma *expert*, por acaso?

– Não – respondi. – Mas, mesmo assim, e aquela menina que veio aqui uma vez? Ela simplesmente veio e...

– E você ficou olhando desenhos pra tatuar na sua... coisa – ele continuou por mim, me interrompendo.

– De fato – bufei. – Desisto de falar com você...

Thomas soltou uma risadinha.

– Você não gosta muito disso, né? – perguntei depois de alguns segundos de silêncio.

– Disso o quê? – ele finalmente olhou pra mim.

– Essa coisa de aliança.

– De fato. Mas a sua nem dá pra ver.

– Dá sim, até! Quer ver...

– Deixa esse curativo aí! – ele me interrompeu de novo. – Que coisa, parece criança!

– E você parece adulto demais – ri dele. – Tá sempre aí, sério... Como se, sei lá... Não conseguisse se expressar.

– Mas eu me expresso muito bem – ele respondeu, apoiando o queixo nas mãos. – Expresso todo o meu tédio em relação ao mundo.

– E por que o tédio? – perguntei, meio que mexendo os ombros. – Por que não outras coisas?

– Sou meio subordinado ao Jack, isso meio que cansa – ele disse de uma vez.

Olhei para Thomas e ele olhou fundo em meus olhos, tentei penetrar em sua mente para descobrir o que aquilo significava; tive a sensação de que ele queria que eu descobrisse. Seu olhar era sério, quase selvagem. Thomas é um garoto muito bonito e meio misterioso. Seu cabelo é mais liso que o de Jack e talvez um pouquinho mais escuro, seu corpo é menor, sua pele é mais branca e seu rosto mais redondo, mesmo que ainda se pareçam bastante um com o outro. (Aliás, meu cabelo cresceu e continua vermelho, já que estamos falando de aparências). O Jack e a Molly também são misteriosos. Mas Thomas parece ter uma mágoa no olhar, uma mágoa que Jack também tinha – modéstia à parte – antes de se envolver comigo.

Talvez Thomas esteja precisando de uma namorada.

– Ei, Laura! – ouvimos Jack chamar. – Podem vir!

Eu e Thomas fomos – Thomas ainda estava lá para o caso de eu amarelar. – Quando chegamos, Jack estava tomando os últimos cuidados com a limpeza, então me estendeu a mão, sorrindo:

– Vai em frente!

– Como eu faço, hein? – Peguei a maquininha, ela meio que parecia uma caneta, só que mais pesada, como se a carga fosse duas caixinhas bem aparentes e quase do tamanho de pilhas.

– Você não precisa de um molde, precisa? É só um círculo em volta de um dedo – Thomas me perguntou, de repente.

– Ah, bom, não sei – respondi já meio que me preparando, então parei. – Você acha que preciso? – perguntei ao Jack.

– Se eu não precisei você também não precisa – Jack respondeu.

– Lógico, porque vocês terão a mesma experiência – Thomas gracejou, irônico.

– Que bicho mordeu você? – Jack perguntou pra Thomas, sem saber se ria ou se ficava irritado. Acabou saindo uma mistura das duas coisas.

– Eu tô com sono! – Thomas respondeu, revoltado. Mas respirou fundo e se virou pra mim. – Vai assim mesmo.

– Tudo bem – disse. – Jack, se doer, me fala que eu paro.

– Ai, que bonitinha – Jack gracejou. – Mas não vai doer, vai em frente.

– Tudo bem – disse mais uma vez.

Me concentrei na mão de Jack, os dedos dele são um pouco peludos, mas, ao que parecia, os pelos dali já haviam sido raspados. Jack foi legal e não fingiu um susto quando encostei a maquininha nele – por um segundo passou pela minha cabeça que ele faria isso – e, quando continuei, foi como se fosse a coisa mais emocionante que já fiz na vida. Levei mais tempo do Jack precisou porque me concentrei como se estivesse polindo um diamante ("passe aquele pano no dedo de Jack", Thomas disse em algum momento, para que eu tirasse o excesso de tinta). Primeiro, a primeira volta; depois, a segunda. Eu realmente consegui ver o traço, não muito fino e claro, que o aparelho deixava.

Quando terminei, achei que tinha ficado linda.

– Aê! – disse Thomas, sorrindo. – Conseguiu.

Eu ri e beijei Jack, que respondeu me pegando e me pondo sentada em seu colo:

– Eu tô muito orgulhoso de você.

É tão gostoso quando alguém que a gente ama diz isso, é tão gostoso quanto ouvir "eu te amo".

– Bom, eu tenho que ir agora – disse, beijando Jack de volta.

– Mas por quê? – Ele perguntou, indignado – Léo e Malu vão chegar logo!

– É, é a noite do pornô – Thomas disse, encostado na porta, de braços cruzados e sendo sarcástico como sempre. – Não queremos assistir com uma menininha achando tudo nojento.

– Pelo amor de *Deus*, Thomas! – Jack falou sério pra ele, sério de verdade, como em uma briga. – O que há com você hoje?! Você tá assim por que a Molly vai vir hoje à noite? Todo mundo sabe que dar uns pegas nela não é difícil!

Estranhei a frase. Isso foi muito rude, mas não falei nada, só olhei para Thomas.

– Malu vai estar lá também! – Thomas reagiu, se estressando. – Eu sempre fui a fim de ficar com a Molly, mas o último garoto que ela ficou foi o Malu!

– Eu duvido que foi o último – Jack disse.

– Quando Molly ficou com Malu, ela estava namorando outro cara – disse. – Acho que Malu sabia, ele é um cara desencanado e bacana, não vai ficar bolado com você.

– Eu só tô irritado hoje, caramba! – Thomas bufou.

– Sendo sincero, cara, você tá sempre assim – Jack disse, naturalmente.

Acho que nenhum dos dois se deu conta, mas eu percebi. Percebi que Jack falou primeiro brigando com Thomas. Assim que Thomas respondeu no mesmo tom, Jack se controlou. Acho isso muito legal, Thomas está estourado, então Jack tenta manter a calma para não o deixar ainda pior. É algo como se eles se conhecem mesmo, eles são, de verdade, a família um do outro.

– É que... – então Thomas olhou pra mim.

Um silêncio estranho e constrangedor caiu sobre nós três, então me levantei do colo de Jack.

– Acho melhor eu ir pra casa... – disse. – A Miriam deve estar esperando eu ficar *on-line*... – Me virei e sorri para Jack. – Vejo você amanhã – beijei meu dedo onde a tatuagem estava feita e saí.

Pode parecer idiota, mas eu corri.

Saí de lá e assim que virei a esquina comecei a correr, porque correr me impede de pensar nas coisas. Passei correndo pelas pessoas desviando delas por alguma mágica e, quando cheguei em casa, levei alguns minutos para me recompor.

Entrei em casa, peguei um copo de água gelada e subi para o quarto. Sentei em frente ao computador.

Miriam: E aí, como foi fazer a tatuagem?

Laura: Muito emocionante!!

Não estou animada do jeito que pareço estar na minha resposta, mas já falamos bastante de mim por hoje, não quero contar essa sensação estranha que Thomas causou em mim com seu silêncio. Quero saber sobre o garoto da rua de Miriam.

Miriam: Ela aparece?

Laura: Mais ou menos, Jack é menos branco que eu, acho que vai dar para ver melhor. Mas, me diga, o que tem aquele menino?

Miriam: O nome dele é Marc. Ele é uma gracinha!

Eu e Miriam começamos a conversar sobre o garoto da rua dela (Marc, mais velho, joga futebol, é professor de *surf* e Miriam está pensando em pedir umas aulas) e, enquanto a gente conversava, eu mantinha meu diário no colo e escrevia sobre o que havia acontecido: a tatuagem e tudo.

Miriam: Dizem que ele é mulherengo.

Ela continuou falando por quase duas horas. Não me importo em ouvir Miriam falar sobre garotos; eu gosto, é o que amigos fazem.

Laura: Se ele é professor de *surf*, deve ter um corpo muito sarado, acho que as mulheres que são mulherengas perto dele XD

Miriam: Hum, faz sentido! Acho que prefiro pensar dessa forma!

Então, como do além, uma pedra bateu, ou melhor, *bateria* em minha janela – se estivesse fechada – e foi parar no meio do meu quarto.

Laura: Espere um segundo, acho que tem alguém me chamando.

Miriam: Tudo bem, já vou sair, XO!

Laura: Xo.

Caminhei até a janela e olhei para baixo, para minha surpresa Thomas estava lá.

– O que foi? – gritei pra ele.

– Só quero conversar – ele gritou em resposta.

– Espera, vou abrir a porta – gritei de volta.

Desci as escadas imaginando o que raios ele queria. Abri a porta e ele entrou sem nenhuma comemoração.

– Seus pais estão aí?

– Estou sozinha – respondi. – O que foi?

Comecei a subir as escadas a caminho do meu quarto e sentei de pernas cruzadas na cama. Ele sentou também, tirando os sapatos e ficando do mesmo jeito que eu, de frente para mim.

– Eu só queria dizer que aquele *stress* não tem nada a ver com você – ele disse.

– Não imaginei que tivesse – menti.

– Certo... – ele disse, então continuou. – É só que... Eu não gosto do jeito que as coisas estão acontecendo entre você e Jack.

Franzi a sobrancelha em resposta.

– Quer dizer, vocês acabaram de tatuar uma aliança um no outro! – ele se exaltou, e dei graças a Deus por não ter ninguém em casa.

– E você está acabando com todo o romantismo disso – foi minha maneira séria e mal-humorada de concordar.

– Eu só tenho medo de que alguma coisa ruim aconteça – Thomas disse, parecendo bastante perdido. – Eu não vou conseguir ajudar se alguma coisa sair do controle. Vou ser a pessoa mais próxima e a pessoa que não vai conseguir te proteger.

– Sorte pra mim – respondi, séria. – Você não precisa me proteger, nem me ajudar, nem nada.

Estava começando a me irritar, o que Thomas estava fazendo na minha casa?

– Laura, eu... Eu gosto de você – ele disse finalmente, parecia estar suando frio. – E Jack é a minha família, e eu quero que as coisas deem certo, eu só... É que ele...

– Cale a boca, Thomas! – gritei, cheia de raiva – Não tem nada de errado com Jack! Pare de ficar jogando praga na nossa relação!

Thomas abriu a boca para falar, mas eu não deixei:

– Se você está incomodado comigo frequentando a sua casa o tempo inteiro, tudo bem! Eu paro de ir lá! Se você não me quer no estúdio enquanto Jack e você estão trabalhando, tudo bem também, só pare de cuidar da nossa vida e vá dar um jeito na sua!

Então me calei. Estava quase começando a chorar.

– Eu quero você lá – Thomas disse. – Aliás, eu quero muito.

Olhei confusa para Thomas.

– Thomas, eu amo seu irmão, tá? Você sabe disso, todo mundo sabe – disse pausadamente, como se estivesse falando com um idiota.

– Eu só queria dizer que se algo acontecer não vou poder fazer nada, sou subordinado ao Jack, como já te disse – ele se levantou da cama.

– Tudo bem, mensagem recebida – respondi irritada. – Não me esquecerei disso. Se algo terrível acontecer comigo, você está perdoado por não fazer nada.

Por alguns segundos, nem eu nem Thomas falamos, achei que ele fosse embora, mas ficou ali parado.

– Pode ir – disse, ficando, além de irritada, impaciente. – Já disse que entendi o recado.

– Você não vem? – ele perguntou. – Jack, Léo, Malu, Molly... estão esperando por você.

– Tenho certeza de que preferem uma noite de pornô sem uma garota – respondi, sarcástica.

– Já tem uma garota lá.

– Bom, aposto que Molly já está bem acostumada com todas as coisas que vai ver – bufei em resposta. – Vai logo!

– Não... – ele me disse de uma forma que ficou entre a ordem e o pedido – Jack está esperando você, vem comigo.

– Eu disse a ele que o veria amanhã – respondi. – Se ele quiser me ver, ele vem aqui...

– Mas... – Thomas começou, mas eu o interrompi.

– Você diz que Jack tem problemas – comecei, enquanto me levantava. – Mas quem não está entendo é você. Vá, Thomas! Você já falou o que tinha que falar!

– Como você tem tanta certeza? – Ele brigou comigo de volta.

– Eu tenho certeza, muita certeza! Você já deu o recado que veio dar! – bufei, muito irritada. – Eu entendi, vá embora agora!

– Não quero ficar brigado com você, você é minha cunhada e...

– Não estamos brigados! – gritei pra ele, interrompendo-o outra vez. – Estamos ótimos! Agora vá embora!

Encarei Thomas com muita raiva. Ele respirou fundo e se foi. Senti a porta bater lá embaixo e só depois de alguns minutos desci pra trancá-la. Quem ele pensa que é? Idiota.

Ele não pode praticamente me expulsar da casa deles e depois vir até aqui me dizer que gosta de mim, que me quer lá, mas que qualquer coisa que aconteça ele não vai conseguir fazer nada. Mas que porcaria de coisa ele acha que vai acontecer? Meu Deus, eles não têm nenhuma confiança em Jack, é quase como se tivessem medo dele.

E quer saber? Não tô nem aí, eu amo o Jack, o adoro, ele é a pessoa mais especial que já encontrei na minha vida e, por mais que ame os nossos amigos também, eu não vou até lá. Hoje é um dia especial – tatuamos alianças! – e Thomas resolve deixá-lo feio, amargo, com gosto negro.

Se Jack for amanhã na escola, podemos conversar, talvez seja uma boa eu não ir para a casa dele por um tempo. Foi exatamente nesse momento que escutei um toc toc toc bem alto.

Desci as escadas enxugando algumas lágrimas que começavam a escorrer. Mais uma vez fiquei feliz por estar sozinha em casa – não tinha ideia de onde o resto da família tinha se metido.

Quando abri a porta, fui atacada por um beijo. Por um segundo, pensei que fosse Thomas – já que ele estava tão estranho agora há pouco – mas era o Jack. Abracei-o pelo pescoço e respondi o beijo, brevemente.

– O que aconteceu? – perguntou Jack.

– Eu é que pergunto – tentei sorrir. – Por que você não está lá com o pessoal?

– Você sabe, eu só vou atrás das especiais – ele falou de uma forma meiga, mas continuou muito sério. – O que aconteceu? O que o Thomas queria com você?

– Como sabia que ele estava aqui? – perguntei.

– Esbarrei com ele no caminho... e que diferença faz?

Não gostei do tom grosseiro da voz de Jack, então dei espaço para que ele entrasse. Logo depois, estávamos em meu quarto. Com a porta fechada.

– Eu não entendi o porquê dele vir aqui, pra ser sincera – confessei, ficando de pé e cruzando os braços. – Por que você está tão irritado?

– Sei lá – ele respondeu, aborrecido. – Não quero ele vindo aqui falar com você, ele anda meio estranho. Quer dizer, ele meio que é assim, mas sei lá... Ele costuma ficar diferente quando você está perto.

– Sobre isso – comecei – acho que deveríamos dar um tempo de ficar na sua casa, quer dizer, eu.

– Por causa de Thomas? Não. Eu aturei as menininhas que ele trazia e que, puta que o pariu, gemiam alto – Jack deixou escapar, ficando bravo. – O que raios ele falou pra você?

– Disse alguma coisa sobre não poder me ajudar se eu me meter em algum problema ou coisa assim, aí brigamos – respondi, tentando obedecer à regra de "você explode, eu me acalmo".

– Thomas é um idiota, ele tem que parar de se sentir inseguro – Jack disse com voz mais calma e sentou na cama.

Curtos passos, e lá estava eu ao lado dele. Nos deitamos na cama, um de frente para o outro.

– Ele tem medo de que eu fique possessivo demais com você – disse Jack.

Dava pra perceber que ele achava que alguma coisa bem errada ia acontecer, aquele bobo.

– Já aconteceu antes? – perguntei.

– Não... – respondeu. – Mas também nunca tinha acontecido de eu me envolver com uma garota do jeito que me envolvi com você.

Eu podia pensar que então não sabíamos se alguma coisa ia acontecer, mas preferi pensar naquilo como algo legal que ele tinha me dito, então sorri.

– Você deveria voltar – disse a ele depois de alguns segundos.

– Quero dormir com você – ele disse.

– Hoje não, você tem que voltar pro pessoal; e eu vou dormir, meus pais já vão chegar.

– Mas ainda é muito cedo – ele riu de mim. – Você vai dormir?

– Bom – eu ri. – Vou me deitar e ficar olhando minha aliança até adormecer. Quase lamento por ela não brilhar no escuro.

Então Jack deu uma risadinha e senti as coisas ficando mais leves.

– Como isso aconteceu? – perguntou Jack, com voz serena. – Quer dizer, nós... Como é que duas pessoas se apaixonam?

– Acho que ninguém sabe – respondi, olhando fundo nos olhos dele, a cabeça aconchegada no travesseiro. – Acho que as pessoas nunca percebem, por isso nunca sabem.

– Talvez elas só sintam algo esquentando...

– Pode ser a convivência – emendei. – Se bem que não tinha jeito, pelo menos pra mim, de você ser só mais um.

Jack sorriu. Então uma questão surgiu na minha cabeça:

– Por que está perguntando isso?

– Pra saber a sua opinião... Parece que tudo aconteceu tão naturalmente. Primeiro, você era só aquela garotinha que eu queria proteger na escola e agora... – ele respirou –você é a pessoa mais especial na minha vida.

Então eu sorri.

– Acho que é assim mesmo que as coisas acontecem – disse.

Ficamos ali nos olhando por longos segundos. Seu olhar castanho, tão intenso, penetrante, fazia a conversa continuar na minha mente, então ele fechou os olhos... Eu deveria dizer para ele não dormir – nem fingir que estava dormindo! – e que precisava voltar, mas não disse, não quis.

Pensei naquilo que tínhamos acabado de conversar. É verdade que tudo aconteceu de uma maneira natural. Pra mim, algo muito mágico aconteceu para que eu me interessasse por ele – de repente, quando ninguém me via, ele apareceu mordendo minha orelha. Mas pra ele, o que será que aconteceu?

Acho que as pessoas se amam sem saber o porquê. Acho que quando colocam em lista as coisas que gostam e desgostam acabam não sabendo *mesmo*.

Eu e Jack estamos em um relacionamento que eu considero longo, mas não longo o suficiente para termos nos acostumado tanto um com o outro, a ponto de sabermos tudo, a ponto de termos quebrado o encanto, a novidade, a excitação. Acho que algumas pessoas nunca têm seus encantos quebrados, quero ser como elas.

Então, um som estridente condenou nossa meditação ao silêncio.

– Ah, que merda – Jack gemeu e botou a mão no bolso. Seu rosto foi iluminado pela tela do celular. – Estão cansando de me esperar.

Dei um pulo da cama.

– Então você precisa ir.

– Acho melhor mesmo...

Jack se levantou preguiçoso, caminhou em passos lentos enquanto contornava a cama, beijou minha testa e começou a descer as escadas devagar. Fui atrás dele, nos despedimos como um anjo.

E..., por incrível que pareça, dormi com um beijo.

O sonho dessa vez acontecia em uma incrível praia, mas foi meio idiota. Thomas e eu jogávamos bola um pro outro, como duas crianças – a bola era grandona, vermelha e branca. Então de repente ele pegou a bola e disse:

– Ei, sua maluca!

E não jogou a bola pra mim.

– O que foi? – perguntei. Por que você me chamou de maluca?

– Ei, Laura! – ele tornou a gritar.

– Mas o que foi?!

– Ei! – ele gritou de novo.

Abri os olhos de repente. Para o meu susto, eu não acordei na minha cama e, sim, na sala de aula, todas as carteiras estavam vazias e eu tinha babado no meu braço enquanto dormia.

Olhei para porta, lá estava Jack:

– Já te chamei trezentas vezes – ele riu. – Você dormiu durante as três primeiras aulas inteiras? – Jack pareceu surpreso.

Bocejei.

– Graças a Deus a Giulia não implica mais com você, porque essa seria a oportunidade perfeita – Jack brincou.

Bocejei de novo.

– Nossa, dormi como uma pedra – disse. Quem diria, hein, que eu e Thomas pudéssemos ser capazes de jogar bola na praia durante três aulas inteiras? – Mas pareceu uns 15 minutos.

Levantei da carteira e caminhei até Jack, que me deu um superbeijo e perguntando em seguida:

– Ontem você não foi dormir cedo?

– Fui, bom, acho que fui...

O dia passou sendo tão útil quanto jogar bola na praia com Thomas.

Evitei ir muito à casa de Jack por uns dias, justificando que deveríamos dar algum espaço para Thomas, mas isso não durou muito. É muito chato ficar na minha casa, na casa deles não tem pai e mãe pra encherem o saco com a porta trancada, nem precisamos controlar tanto o barulho nas horas de delícia um com o outro.

Pelo visto, tudo voltou ao normal. Thomas e eu nunca falamos sobre aquele papo maluco daquela outra noite, e isso era bom.

– Então, você tá convidada pra festa de *niver* que eu vou dar aqui – disse Thomas, que estava comigo e com o Jack na sala. Nós estávamos jogando alguma coisa com o baralho que eu não entendia direito o que era. – Ah, e você também. – ele disse para Jack.

– Será que a "malice" diminui ou cresce com a velhice? – Jack lançou a pergunta no ar.

Eu ri.

– Quando vai ser? – perguntei.

– Nesse fim de semana – Thomas respondeu, parecia bem animado. Tive certeza de que ele ficou com a Molly, ou ia ficar.

Azar para mim, a noite da festa chegou e eu... Estou com uma cólica infernal. Não escolhi uma roupa pra ir, estava de mal-humor, então me vesti como sempre.

Mas tenho que confessar que nunca vi a casa tão cheia. Não me enturmei muito, a cólica estava realmente me matando. Tudo que fiz durante um tempo indefinido foi ficar sentada no sofá bebendo.

– Você não tá gostando da festa? – Jack me perguntou.

– Estou com cólica, amor – respondi em seu ouvido. – Mas aproveita, não precisa ficar comigo, preciso mesmo ficar quieta...

– Não que eu seja um *expert*, mas se você está com cólica, não deveria estar tomando coisa gelada. – ele lançou um olhar pra minha cerveja.

– Ah – abri um sorriso bobo que não convenceu ninguém. – Vai passar quando eu ficar bebadazinha!

Ele riu e saiu, indo falar com outras pessoas. Me dei conta de que havia muita gente ali que eu realmente não conhecia.

Com o passar do tempo, tudo que consegui foi uma dor de cabeça. Minha cólica piorou e eu comecei a ficar muito, muito, irritada.

– Vou pegar mais uma cerveja na geladeira – disse de repente, pra quem quisesse ouvir, e me levantei.

– Pega uma pra mim! – alguém gritou.

Não vi quem. As cervejas e a fumaça dos cigarros estavam me deixando um pouco tonta. Vacilei ao passar pela poltrona que alguém estava sentado e quase caí no colo desse alguém. Ouvi risadas, não virei para ver se Jack tinha se preocupado comigo ou não, e, fingindo que nada aconteceu, caminhei até a cozinha.

Uma vez na cozinha, onde ninguém podia me ver, tombei na parede. Encostei minha mão inteira no ladrilho gelado e estremeci com o frio, senti como se ele subisse pelo meu braço como uma corrente elétrica. Sempre gostei da sensação do frio, me faz sentir que todo o meu corpo funciona.

Não percebi quanto tempo fiquei ali, parada. Até que um dos amigos de Jack se aproximou e perguntou com um sorriso zombeteiro na cara:

– Você tá bem?

– Estou, é que tá tão quente e a parede tá gelada – respondi, sorrindo de volta.

Desencostei da parede imaginando que já tinha demorado demais apoiada ali e abri a geladeira, peguei uma entre todas as cervejas guardadas e fechei a porta. Aí, abri a porta de novo porque lembrei que alguém havia pedido uma cerveja.

Abri minha cerveja e tomei um gole, então percebi que aquele garoto ainda estava ali.

– Você quer alguma coisa? – perguntei.

– Na verdade, eu quero sim. – ele respondeu chegando perto.

– O quê? – perguntei.

Então ele me beijou.

Não sei direito como isso aconteceu. Acho que da maneira tradicional, ele aproximou seus lábios dos meus e me beijou. Me abraçou pela cintura, meus olhos estavam arregalados e minha boca não se movia, mas ele continuava tentando, como se eu estivesse respondendo ao beijo.

Eu podia ter mordido sua língua. Podia ter tentado me soltar. Mas não. A única coisa que eu pensei em fazer, e fiz, foi bater com a outra cerveja em sua cabeça. O vidro não quebrou, só quebrou quando eu, assustada, deixei que a garrafa caísse no chão. Mas isso não significa que não doeu no cara, porque...

Foi uma sequência tão rápida e... Não, não, foi uma consequência. As coisas aconteceram ao mesmo tempo. Eu bati a cerveja nele, ele me soltou e nesse momento meus braços ficaram moles, e eu deixei que ela caísse e se espatifasse no chão. O garoto cambaleou, bateu contra o balcão do outro lado da cozinha e caiu no chão, minhas mãos foram até a minha boca e meus olhos se arregalaram ainda mais, meu cabelo estava grudado de suor e comecei a sentir tontura.

Tive consciência suficiente pra deixar minha cerveja de pé numa mesa que estava perto. O garoto não levantou.

Então a minha única ação foi sair dali. Sai às pressas da cozinha e passei pela sala quase correndo para chegar na porta. Ouvi alguém chamar por mim, mas parecia tão longe... Abri a porta e corri.

– Laura! – ouvi de novo, tinha certeza de que era a voz de Jack.

Corri atravessando a rua, mas sua voz agora parecia tão alta como um trovão.

– Para, Laura!

Parei.

·

Vi seu rosto tentando demonstrar calma e suas mãos que também pediam calma. Então não vi mais nada. Ouvi o som de pneus, ouvi um berro vindo de Jack, ouvi o barulho que minha cabeça fez quando bateu com muita força contra o vidro de um carro.

Senti, com dificuldade, meu corpo sendo chacoalhado... Então foi como se eu estivesse dormindo.

Não enxerguei mais nada até que meus olhos pararam de procurar algo para olhar. Não senti meus braços nem minhas pernas, nem me senti eu mesma. A última coisa que vi foi o rosto de Jack sobre mim, então ele se distorceu e desapareceu.

# Parte 2

Mas, de repente, acordei. Se eu escrevesse aqui algo como "três meses depois" ou "uma década depois" não iria bater com a minha sensação do tempo que passou. Foi como se eu tivesse dormido por apenas alguns segundos e acordado. Não sei como acontece com as outras pessoas, mas, pra mim, foi como despertar de um pesadelo. Assustada, num impulso, como se não respirasse há séculos e me sentisse segura depois de quase ter morrido.

Espero ver Jack. Mas a primeira coisa que vi foi um aparelho que fazia bip bip, paredes brancas, uma grande janela que deixava entrar um fio de vento frio. Então me vi. Eu vestia uma camisola branca e estava debaixo de algumas cobertas.

Parece um hospital. Parece vazio. E parece que eu sou a paciente. Mas com certeza não parece o hospital de Tateó. Perto de mim, pela janela e mesmo aos pés da cama, estavam coisas que eu desconhecia: fotos de Alice e Claud num lugar que não reconheço, fotos da minha mãe e do meu pai, um ursinho branco de pelúcia e o que parecia ser uma flor, feita de pano e preenchida com... Sei lá... Algodão ou espuma? Se usa algodão nessas coisinhas?

Recostei a cabeça no travesseiro e fechei os olhos.

Abri-os de repente quando lembrei da cena em que eu acerto um garoto com uma garrafa de cerveja. Então me vejo correndo, mesmo com os olhos abertos, eu me vejo descendo as escadas, abrindo a porta e correndo.

Ah é, eu estava numa festa. A festa de aniversário do Thomas e saí correndo porque aquele menino maluco tentou me beijar.

Essas imagens estavam meio turvas na minha cabeça, mas ainda assim... Olhei para a janela sem querer pensar em nada, a noite parecia ter mostrado o ar de sua graça há horas e talvez não demorasse para amanhecer... Talvez alguém venha aqui me ver quando amanhecer.

Quero tirar essa roupa estranha de gente doente e toda essa parafernália médica colada em meu corpo, mas é como se eu nem pudesse levantar minhas mãos.

Eu preciso falar com Jack, preciso vê-lo, preciso dizer que eu não tive culpa naquele beijo. Preciso dizer que eu não queria e que nunca tive a intenção de beijar outra pessoa. E, banhada nesses pensamentos, adormeci.

E dessa vez, sim, pareceram décadas...

Quando acordei – assustada de novo, dessa vez pela imagem do garoto caindo no chão e tomando fôlego em seguida – minha mãe estava lá.

Tive que apertar os olhos para evitar a claridade e tentei me espreguiçar (ouvi um "calma, querida" que pareceu baixinho...) mas parece que meu corpo ainda não estava querendo me obedecer.

– Laura? – minha mãe chamou, cuidadosa como se sua voz pudesse me quebrar. – Como você se sente?

– Não muito bem, mãe – respondi sem raciocinar. – Acho que não vou poder ir pra escola hoje...

Fechei os olhos, feliz por poder dormir mais cinco minutos.

– Laura, está tudo bem? – minha mãe perguntou, tentando conseguir minha atenção.

– Por que eu estou nesse hospital? – perguntei abrindo os olhos, mas ainda meio zonza, como se não tivesse dormido o suficiente. Como se eu tivesse acordado de um pesadelo no meio da madrugada e meu corpo decidisse que eu tinha todo o direito de voltar a dormir.

– Você sofreu um acidente, um carro bateu em você. Você esteve em coma por quase dois meses, amor. – Minha mãe explicou, com calma.

– Em coma? – perguntei. – Sério? Dois meses?! Puxa... Isso não é pouca coisa.

Aposto que eu estar meio bêbada ajudou.

– É, sério – minha mãe deu uma risadinha. – Por quê? Nenhuma luz no fim do túnel, nenhuma conversa com o Divino?

– Não – respondi, falando muito sério. – Que desapontador.

Minha mãe riu. Nesse momento uma enfermeira entrou no quarto com uma daquelas bandejas/mesinhas e minha mãe levantou da cama pra a enfermeira poder colocar a bandeja/mesinha ao meu alcance. Depois saiu e minha mãe voltou a se sentar na cama.

– Está com fome? – perguntou.

– O que é isso? – rebati olhando para um potinho branco. – Canjica? A melhor comida que servem no hospital de Tateó é gelatina ruim.

– É porque não estamos em Tateó.

– E onde estamos?

– Numa cidade chamada Okaya.

Me assustei.

– Mas fica a uns oitocentos quilômetros de Tateó!

– É, mas vivemos aqui agora.

Foi como se, pra mim, o mundo tivesse parado de girar. Como assim não moramos mais em Tateó? Onde está Jack e Thomas? Aquele garoto está bem? E as minhas coisas?

– Que brincadeira é essa? – perguntei irritada. – Onde está Jack?

– Você não vai vê-lo de novo – minha mãe respondeu. – Melhor você comer e descansar, depois a gente conversa.

Minha mãe caminhou até a porta, mas eu gritei para ela:

– Não! Mãe! Me diz agora, o que está acontecendo?

– O que acontece é que você não vai mais andar com gente perturbada – E saiu.

Tive vontade de atirar longe a comida que a enfermeira trouxe, tive vontade de derrubar qualquer aparelho que estivesse perto de mim, tive vontade de tacar coisas nas janelas e gritar o mais alto que eu podia para expressar a minha raiva.

Mas respirei fundo. Se o Jack não sabe que eu estou aqui, eu vou contar para ele. Darei um jeito, farei qualquer coisa. Ele precisa saber que estou aqui, ele *não pode* achar que eu o abandonei!

Senti alguma coisa crescendo dentro de mim. Um tipo de falta de ar, meu coração começou a bater devagar e em intervalos longos, segurei a camisola que vestia como se fosse conseguir alcançar o coração. Um tipo de desespero crescia dentro de mim ao pensar que eu estava longe daquilo que conhecia, daquele que eu conhecia, daquela única pessoa que me viu quando ninguém mais via.

Levantei da cama me livrando do que quer que me impedisse e vi uma mala em cima de uma poltrona, arranquei minha camisola e joguei um vestido preto – tão feio quanto a camisola – por cima do meu corpo, vasculhei a bolsa atrás do meu celular e não o encontrei, saí do quarto e comecei a correr pelo corredor à procura de uma escada, um caminho, um elevador, alguém.

Virei no que pareceu ser milhares de esquinas, passei por alguns quartos trancados. A sensação de labirinto começou a me dar tontura. Uma enfermeira me encontrou, e com olhar sério me repreendeu:

– Você está fazendo muito barulho.

– Me diga onde é a recepção! – pedi, quase indo pra cima dela.

A enfermeira ficou um tanto espantada e me apontou o caminho, corri até onde ela me indicou, bati com força demais no botão do elevador, e então esperar dois segundos me pareceu muito, as escadas ficavam logo em frente. Desci-as correndo.

A recepção estava mais clara do que os corredores que eu tinha percorrido e a minha mãe estava lá no balcão. Como se eu nem a tivesse visto, gritei para a recepcionista, atrapalhando qualquer que fosse o assunto que tratasse antes:

– Onde estão as minhas coisas?!

A moça – negra e robusta – olhou espantada para mim, depois olhou para minha mãe como se pedisse de ajuda. Fiz o mesmo:

– Onde está meu celular?! Eu quero o número de Jack, preciso ligar pra ele!

– Querida – minha mãe tentou me conter, daquela forma que elas agem quando os filhos as fazem passar vergonha –, seu celular foi deixado na nossa antiga cidade, junto com as suas outras coisas.

– Como assim junto das minhas outras coisas?! – gritei com a minha mãe, lágrimas escorriam por meus olhos. – Você largou *tudo* lá?! Se foi pra deixar tudo que me importa pra trás, por que não me largou também!?

Notei pelo canto do olho que a recepcionista estava com a boca no telefone e ainda olhava muito preocupada para mim.

– Não me olhem como se eu estivesse fora de controle! – gritei para minha mãe e para qualquer outra pessoa que escutasse. – Você não podia ter feito isso comigo! O Jack é a única pessoa que já me quis, a única, e você me diz que ele não pode mais me ver?! – enxuguei uma lágrima, mas outras escorriam. – Ele vai me encontrar!

– Ele não sabe onde você está, não sabe onde moramos agora – ela me disse, havia pesar em sua voz, mas eu simplesmente não conseguia acreditar que ela estava arrependida.

– Como assim? – minha voz saiu fraca e rouca. – O que você quer dizer?!

– Nós decidimos por você, já que você estava em coma – Minha mãe estava muito séria. – Você o abandonou.

Aquelas palavras me fizeram sentir como se alguém tivesse enfiado com toda a força do mundo uma faca em meu coração.

– Não... – disse, dando passos pra trás, me afastando e vendo um monstro no lugar de minha mãe. – Não! – gritei. – Eu não o abandonei! Nunca vou abandoná-lo! Você não pode tomar essa decisão por mim!

Meus passos pra trás me fizeram topar com dois médicos – provavelmente os que a recepcionista chamou – que me agarraram pelos braços como se eu fosse uma louca capaz de agredir alguém. Engraçado, era exatamente assim que eu me sentia.

– Não! – gritei. – Me deixem ir! – tentei me debater contra eles, sem sucesso, os médicos começaram a me arrastar para fora da recepção, gritei mais uma vez pra minha mãe, com toda a força dos meus pulmões. – Ele vai me encontrar e, acredite, eu irei com ele!

Assim que os médicos me arrastaram até um local que eu não podia mais ver minha mãe, respirei fundo. Eles não precisavam mais me segurar com força, fui andando normalmente para meu quarto e deitei naquela cama, como se fosse me proteger.

– Tome esses remédios, são apenas calmantes – um dos médicos me disse enquanto me entregava dois comprimidos. – Te farão bem.

Concordei e os joguei na boca tomando água por cima, mas assim que os médicos saíram eu os cuspi.

Não preciso de calmantes. Tudo está confuso na minha cabeça... Em um segundo eu estou numa festa, um garoto maldito me beija e então, em outro segundo, estou num hospital e descubro que tudo que é meu foi deixado para trás, inclusive todos os amigos que conheci. Nem pude me despedir deles, não tive escolha.

Depois disso, confesso que não sabia mais como olhar para minha mãe.

Por precaução, os médicos acharam melhor eu ficar em observação no hospital, me encheram de perguntas sobre meu passado, se eu me lembrava do que tinha acontecido, de pessoas da minha família e tal. "Me lembro de tudo", eu respondia a cada cinco minutos "eu posso sair, aquilo foi só por causa do choque", eu continuava dizendo. Mas a verdade é que... Eu não tinha certeza se queria ir pra casa.

Mas o dia finalmente chegou.

Meus pais vieram me pegar e me levaram para a nossa nova casa, uma casa branca de dois andares, maior do que minha antiga casa – mas não muito. Não era como se tivéssemos ficado ricos. Eu não disse nada quando entrei. Subi as escadas junto com a minha mãe, que indicou onde era meu novo quarto.

Ela abriu a porta e eu dei um grande suspiro. Duas paredes em rosa e duas delas brancas, uma escrivaninha branca, algumas fotos num mural – todas da família – na escrivaninha, meu antigo computador, uma cama com uma colcha cor-de-rosa –senti vontade de vomitar – e, quando caminhei pro meu armário – branco e rosa, de madeira compensada como a escrivaninha –, vi que nenhuma das roupas dali faziam meu estilo.

Senti vontade de jogar todas as roupas no chão e tacar fogo nelas.

– Que grande porcaria que vocês fizeram aqui, hein? – disse pra minha mãe, que continuava parada na porta.

Minha mãe não soube o que falar, mesmo que parecesse desapontada. Continuei olhando para ela com um ar de quem a julgava a mãe mais patética do mundo.

– Você tem seu primeiro dia de escola amanhã, está meio atrasada, mas tenho certeza de que vai conseguir – ela disse, por fim.

Não respondi, apenas arqueei as sobrancelhas. Ela saiu e fechou a porta com cuidado – eu a teria batido. Olhei para a minha cama e senti nojo do que vi, minha mãe sabe que eu não gosto de cor-de-rosa. Nada contra a cor, mas ela nunca estaria nas minhas roupas, nem no meu quarto.

Parte de mim pensa que eles queriam que eu tivesse perdido minha memória durante o coma. E isso acontece, não é? Acho que eles queriam que eu tivesse uma amnésia e aceitasse tudo aquilo como uma garotinha bonitinha e feliz.

Bom, para a infelicidade deles, eu me lembro de tudo.

Abri mais uma vez as portas de meu guarda-roupa, juntei todas as roupas do cabide e as joguei em cima da cama, abri as gavetas e então decidi que iria fazer uma parte de cada vez.

Olhei para as roupas em cima da cama. Minha mãe – ou sei lá quem – havia pendurado vestidos e calças que pareciam ser novos. Havia três vestidos, um era cor-de-rosa, e então o joguei em um canto do quarto – não vou me submeter mais do que já me submeti àquela cor que não gosto e que não tem nada a ver comigo. O outro vestido era azul-marinho, experimentei e me vi num enorme espelho que tinha ao lado do guarda-roupa, não tinha nada a ver comigo, mesmo assim pendurei o vestido no cabide e o guardei de volta. O outro vestido era amarelo e tinha umas manchas meio alaranjadas na barra, experimentei e vi que ficou bonito, porque combinou com meu cabelo que meio que voltou ao tom natural. Ele estava bem desgastado, guardei o vestido na intenção de nunca usá-lo.

Parte de mim sabe que isso se dá pela raiva que estou sentindo, mas não quero parar.

As calças, graças a Deus, eram feitas de um jeans versátil, nem claro nem colorido, mas eram um pouco apertadas demais pro meu gosto.

Abri as gavetas e me livrei de todas as blusinhas de cor clara – branca, rosa, amarela, lilás – e mantive as pretas, as vermelhas (apenas uma) e as de cor escura, verdes ou azuis. Não havia muitas também.

Achei que, à medida que fosse jogando contra a parede as roupas que eu não queria, eu fosse começar a chorar, mas, ao fechar da última gaveta, eu parecia muito calma. Mesmo tendo ficado com algumas daquelas roupas, não quer dizer que façam parte do meu estilo. Gosto de blusinhas pretas, básicas e com alcinhas, de preferência. As blusas que eu fiquei eram camisetinhas com botões, algumas tinham estampa – das estampadas, ou com alguma coisa brilhante, eu também quis me livrar. Assim como também quis me desfazer das calças, tão absurdamente novas e com a aparência de tão absurdamente caras – *caras* para o que penso que seja caro para minha família.

Parte da nova Laura submissa foi negada, e me senti tranquila por meu guarda-roupa ter ficado relativamente vazio, como sempre foi. Pra que eu preciso de tanta roupa? Estou bem acostumada a vestir sempre as mesmas blusas, e não ligo.

Sentei na minha escrivaninha e liguei o computador. Fui abrindo as gavetas enquanto ele carregava e a única coisa que encontrei lá foi uma caixinha com um celular novo. Se fosse antes, eu teria me sentido bem animada, mas apenas fechei a gaveta.

O computador ligou e carregou depois que digitei a senha e tudo o mais. Abri minha antiga pasta e me deparei com minhas fotos.

Meu coração gelou, praticamente parou de bater. Lá estavam fotos que tirei de mim e Jack, de nossos amigos, do meu passado. Agradeço aos céus por meus pais não saberem nada de informática.

Bem, celular, aqui está uma função pra você...

Conectei à internet... E no momento em que fui conferir se a Miriam estava *on-line*, ouvi alguém bater na porta.

– Entra! – gritei.

Ouvi a porta abrir e me virei pra ver quem era... Alice.

– Nossa, o que são essas roupas no chão? – perguntou.

– São roupas que eu não quero mais, pode pegar se quiser – respondi, me virando pra ela na cadeira. – Nem usei – dei uma risadinha irônica.

– Sabia que a maioria dessas roupas foi comprada pelos colegas de trabalho do papai que desejavam que você melhorasse? – Alice perguntou. Mas que pergunta estúpida... Claro que eu não sabia.

– Tanto melhor, não vou jogar fora o dinheiro dos nossos pais – respondi.

– Eu... só queria te dar isso – Alice me entregou uma sacola. – É... aquele vestido que compramos juntas.

Então sorri ao pegar a sacola e tirá-lo de dentro:

– Obrigada, Alice!

– Bom, então tá... Você está com fome? Mamãe está chamando pra jantar.

– Não, valeu...

– Melhor dormir cedo, sua aula começa amanhã às sete – Alice disse, tentando puxar assunto. – Vou te levar pra você aprender o caminho, tem uma mochila ali.

Olhei para onde Alice indicava, descobri que havia um lugar pra pendurar bolsas e tinha uma mochila lá.

– Ok – disse.

Alice fez qualquer coisa com a cabeça e saiu. Voltei minha atenção para o computador, mas Miriam não estava conectada.

Suspirei de tédio, fui até a janela – grande e com cortinas rosa, meio transparentes – e tentei ver o quanto era possível pular.

Analisando bem, não é muito impossível de sair do meu quarto ou entrar por ali. Acho que vou comprar umas cordas, fazer uma escada e pendurar na janela, mesmo que eu não precise fugir. Penso que é melhor do que passar pela porta – não quero fazer parte do resto da casa, não quero nem conhecê-la.

Conversei com Miriam já tarde da noite e contei o que tinha acontecido. Ela me disse que soube da minha internação num telefonema rápido com Klaus, só porque ela ligou pra mim.

No dia seguinte da escola eu só sentei e olhei pra frente, em direção à lousa, durante toda a aula. Pessoas vieram falar comigo, sim, vieram, mas não conversei de volta. Minha participação foi mexer a cabeça, dizer "ahã" e "hum" e qualquer outra coisa semelhante.

Na hora do intervalo – já que ninguém veio me encher o saco –, fiquei vendo as fotos que eu tinha passado pro meu celular.

E foi isso.

Encarei meu *sundae* de limão como se ele fosse algo de outro mundo. Uma Via Láctea inteira, quem sabe, talvez as castanhas por cima sejam estrelas; e os confetes, naves espaciais. De repente, imaginando que aquele sorvete era de outro mundo, me senti como se ele fosse a coisa mais próxima de mim naquele momento.

É estranho estar numa cidade nova, vestindo roupas diferentes e voltando a ser loira – meus pais deixaram todas as minhas coisas para trás e me compraram algumas roupas que eu jamais usaria. Minha mãe prometeu comprar outras roupas, quando eu estivesse disposta, já que ela viu o que eu fiz com a maioria delas, mas não respondi nem me mostrei interessada, mesmo que tivesse me esforçado pra não parecer tão mal-educada.

É quase como se eu fosse outra Laura. Minha mãe tinha dito pra eu sair, tomar um ar – preferi um sorvete – e me deu uma nota de vinte. (Parece que a situação financeira de meus pais melhorou bastante).

Mas sinto falta de Jack. Penso nele o tempo inteiro e sinto como se ele tivesse morrido, já que não poderei mais vê-lo, já que ele nem sabe onde estou.

O que é muito injusto.

Meu atropelamento não foi culpa de Jack, foi minha mesmo! Bom, e daquele menino idiota que meio que me beijou, mas... quem mandou eu ficar desesperada? Não sei o nome dele, não lembro do seu rosto e também não quero.

Ganhei um novo celular, mas meu computador antigo ainda está comigo e por sorte meus pais não souberam mexer nele o suficiente para apagar as poucas fotos de Jack que eu tinha.

Transferidas para meu novo celular, elas estariam salvas para sempre.

Visualizei a tela, lá estava a Laura do passado sorrindo ao lado de um Jack que parecia, como sempre, tão homem e tão menino. É verdade que nós éramos um casal interessante, eu tão magra e sem nenhum peito, e ele tão grande e perto de mim, como se pudesse ser meu dono, como se tivesse força suficiente para controlar meus movimentos.

– Vai esperar o sorvete derreter? – ouvi uma voz masculina.

Virei a cabeça e olhei o estranho que tinha acabado de falar comigo. Era um garoto alto, claro, de cabelo castanho e rebelde e olhos lindamente verdes. Bonito, mas parecia um filhinho de papai.

Ah, espera, agora eu também pareço uma filhinha de papai. Encolhi os ombros sem saber o que responder.

– Você é Laura, certo? – ele perguntou, puxando uma cadeira e sentando na minha frente. – Vi você na escola hoje, é aluna nova?

Caramba, quantas perguntas.

– Sim, *it's me* – respondi, sem controlar o hábito que eu tinha adquirido com alguns amigos de Jack de falar algumas coisinhas em inglês, sem saber se estavam certas ou erradas.

– Meu nome é Evan – ele respondeu. – Estou na sua classe, você lembra de mim?

– Não – respondi de imediato, mas então reparei que talvez tivesse sido um pouco grosseira com uma pessoa que estava tentando ser legal. – Mas não prestei atenção em ninguém – tentei corrigir.

– Notei – Evan respondeu como se me analisasse. –Você me pareceu muito sozinha hoje. O dia foi ruim? Os primeiros dias geralmente são horríveis.

Pensei em Giulia.

– Já tive piores – respondi forçando um sorrisinho. – Você... Vai tomar sorvete?

– Não, eu só estava passando. Vou pra casa fazer o trabalho de física, você tem um par?

Decidi então tomar uma colherada do meu sundae. Gelado, porém, meio derretido. Adorei essa combinação.

– Vou fazer sozinha – respondi.

– Eu estou sem par também! Quer fazer comigo? – o garoto se animou de repente.

Olhei pra ele por alguns segundos, como se ele fosse um imbecil. Não estou sem par, eu escolhi fazer sozinha – era estranho que umas três pessoas tivessem me perguntado se eu queria me juntar a elas.

– Não, prefiro fazer sozinha – respondi de uma vez. – Valeu.

– Deus, você é deprimente – ele disse, quase zombando, não sei.

E você é muito chato.

– Olha – comecei –, desculpa, mas eu tô passando por algumas coisas agora e eu gostaria muito que você me deixasse em paz. Sem querer ser mal-educada, mas, do fundo do meu coração, eu queria que você fosse embora.

Evan me olhou por segundos que pareciam durar uma eternidade e então se levantou:

– Tudo bem, Laura... – disse. – Mas não se esqueça que você não precisa ficar sozinha pra sempre.

Soltei uma risadinha abafada, quase como um nada.

– O que foi?

– Você fala como... – respondi, com dificuldade –, como se eu pudesse te contar o que acontece comigo.

– Na verdade, você pode – Evan jogou as mochilas nas costas e piscou para mim. – Até mais, Laura.

Foi embora antes que eu pudesse falar qualquer coisa. Comecei a pensar no primeiro dia de aula nessa nova escola, eu realmente não vi Evan na sala, mas se alguém colocar todos os alunos na minha frente eu provavelmente não vou me lembrar de ninguém.

Nenhuma pessoa me encheu – encheu ao estilo de Giulia, eu quero dizer – o saco ou qualquer coisa, e por isso o dia foi normal. Escola não é grande coisa, o primeiro dia não é grande coisa, odeio ter que pensar que deveria ter sido emocionante.

Provavelmente nada de emocionante ou especial vai acontecer nessa escola nova, não como aconteceu lá em Tateó. Essa escola não tem o Jack.

Todos os meus diários, recheados de fantasias, sonhos e acontecimentos especiais com Jack tinham ficado em Tateó. E só Deus sabe onde e nas mãos de quem eles poderiam estar – nas mãos de alguém que estivesse rindo, chorando ou mesmo jogado-os fora.

Me levantei com o potinho de sorvete na mão e fui pra casa... Disposta a escrever algum conto sobre mim e Jack e as coisas que aconteceram, porque eu não quero esquecer.

Consegui ficar dez minutos na rua, sentada numa sorveteria. Acho que por hoje já foi um bom passeio para se acostumar com a nova cidade. Caminhando para a casa, seguindo exatamente o mesmo caminho que eu tinha feito na ida, reparo em algo que não tinha visto.

Uma ruazinha pequena, entre prédios, feita de um material diferente das outras ruas e calçadas. Decido então jogar meu sorvete fora e seguir por aquela ruazinha para ver onde ela vai dar.

Sei que não vai dar em nenhum lugar misterioso, afinal, isso é uma cidade. Mas pra minha surpresa o lugarzinho parecia um recanto mágico. Formando um círculo, aquela estradinha, pelo visto, era a única forma de entrar e sair. No centro do círculo havia uma fonte e bancos em volta, as casinhas eram muito simples, quase como um bairro muito pequeno dentro de outro bairro maior.

Caminhei até a fonte e então vi uma lojinha que parecia ser a única do lugar. Fui até lá pra ver o que vendiam e vi que era uma papelaria. Ainda não comprei um novo diário...

– Boa tarde! – alguém disse pra mim. Levantei os olhos, meio espantada. Vi um velhinho sorridente de óculos redondos, bigodes e cabelos brancos.

– Boa tarde – sorri de volta.

– O que a moça deseja?

– Uma agenda, qualquer coisa pra fazer de diário – respondi.

– Vem por aqui – o senhor me chamou com os dedos e começou a andar até o fundo da loja.

Ele me mostrou uma grande variedade de agendas, pequenas e grandes, coloridas e sérias, todas muito bonitas. Gostei de uma com espiral grossa e vermelha, como a capa. Na hora de pagar, eu disse ao homem, me achando confortável o suficiente:

– Sabe, as agendas são lindas, você deveria colocá-las na frente da loja.

– Ah, não sei, as pessoas sempre se interessam mais por outras coisas – o senhor respondeu, com gentileza.

– As pessoas estão sempre precisando de uma agenda, mas elas só lembram disso quando veem uma que acham legal – sorri pra ele. – Obrigada.

Acenei e sai.

Dessa vez, me senti bem ao voltar para casa, sinto que tenho em minhas mãos o bem mais precioso do mundo. Cheguei em casa e abri a porta sem fazer barulho, como se fosse uma intrusa. A casa era tão diferente da minha antiga, e eu ainda não conseguia me acostumar. Quando eu estava no primeiro degrau da escada, ouvi minha mãe me chamar:

– Laura? Passeou um pouco?

Ela se aproximou segurando um pano de prato, então acho que estava na cozinha.

– Aham – respondi.

– Que bom – minha mãe disse.

Sorri um pouquinho e continuei subindo as escadas, mas minha mãe ainda perguntou:

– O que você comprou?

Parei e me virei pra ela:

– Uma agenda – respondi.

Mas não vou contar que é pra fazer de diário. Porém acho que ela já sabe, pois respira fundo e diz pra mim:

– Sabe, você deveria conversar com as pessoas em vez de escrever um diário.

Ah, a fala das pessoas culpadas.

– Por quê? – quis saber.

– Porque pessoas conversam, diários não – respondeu. – Você vai se sentir melhor conversando com alguém, porque essa pessoa vai poder te responder depois de te escutar.

Balancei a cabeça:

– Isso não é verdade. Pessoas não sabem escutar, muito menos vocês. Com quem você quer que eu converse?

– A gente costumava falar sobre coisas, você não escondia nada de nós.

– É verdade, eu confiava em vocês, olha só no que deu – respondi, direta. Mas isso é porque eu já tinha a resposta na ponta da língua, já sabia que a minha mãe diria aquilo alguma hora. – Vocês acharam melhor se mudar enquanto eu estava em coma.

– Seu pai teve essa oportunidade de trabalho e nós a pegamos – minha mãe respondeu, bastante séria.

– Você foi mais convincente lá no hospital, quando disse que decidiram que eu devia abandonar o Jack.

– Nossa, não dá pra falar com você... – minha mãe bufou, como fazem todas.

– Não mesmo – respondi. – *Você* deveria escrever um diário em vez de vir falar comigo, porque eu não entendo seus motivos de estarmos aqui e, honestamente, não os respeito.

Aproveitei o silêncio de minha mãe e continuei subindo as escadas, em direção ao meu quarto.

Resolvi passar o segundo dia de aula escrevendo. Se não escrevia no meu diário, escrevia no meu caderno e, quando não escrevia nenhuma matéria no meu caderno, pegava meu diário nem que fosse pra desenhar coisas.

Na hora do intervalo lá estava eu, sentada sozinha numa mesa, escrevendo. Escrevendo minhas saudades de Jack, escrevendo como me sentia injustiçada, escrevendo sobre a escola, sobre essas novas pessoas que vejo, escrevendo sobre meus amigos, escrevendo sobre como não quero mais estar em contato com ninguém. Quase escrevi poemas.

– Oi – ouvi, me pegando de surpresa de novo. – Lembra de mim?

Olhei brava para o garoto sentado ao meu lado.

– Oi, Evan.

– Então... – começou –, sabia que as meninas querem falar com você, mas têm um pouco de vergonha?

– Que tenham, não jogo nesse time – respondi, fechando meu diário e o segurando em meu colo.

– Ok... – ele respondeu, sem jeito – Bom, daqui a um tempinho vai ter o baile da escola – então riu –, sabe como são essas escolas, querem dar um baile pra qualquer tipo de coisa.

Arqueei as sobrancelhas, então ele continuou:

– Vem comigo?

Pensei por dois segundos.

– Tudo bem, mas não espere que eu seja a mais linda de todas – disse.

– Acredito que você não precise de nenhum esforço pra ser linda – ele respondeu quase na mesma hora.

Naquele mais um dia acordei atrasada o suficiente pra não ter tempo de tomar café da manhã. Já tinha dormido vestida, então peguei minha mochila e saí.

– Santo Deus, você podia pelo menos escovar os cabelos e os dentes – ouvi meu pai dizer enquanto passei por ele, sem falar nada.

Saí a caminho da escola.

Não vou dizer que não melhorei à medida que o tempo foi passando. Mas ainda me sentia injustiçada, com saudades de Jack, Malu, Thomas, Léo... Meu passatempo preferido passou a ser olhar a aliança tatuada em meu dedo. Meus pais não descobriram até agora sua existência, e nunca iriam.

Quando cheguei na escola, fui direto ao banheiro, para jogar uma água na cara e, olhando pro espelho, vi como minha imagem estava decadente.

Passei os dedos no meu cabelo despenteado, para arrumá-lo – o cabelo liso tem lá suas vantagens. Prendi-o com um elástico que mantenho na bolsa e tomei meu caminho para a classe, onde todos estavam sentados em suas carteiras que formavam um círculo. Notei uma carteira vazia e sentei.

Aos poucos mais pessoas entravam e, finalmente, uma professora. Uma que não tinha visto até agora. Ela tinha a pele branca, usava óculos de aros grossos e o cabelo negro preso num coque alto, sua roupa fazia o estilo empresária de sucesso. Ela sentou no círculo junto com os alunos, ficando de frente para mim.

– Muito bem – começou. – Hoje é aquele dia especial, em que conversamos, falamos sobre nossos sonhos, nossos medos e, ao final, escrevemos uma redação.

Quem é ela? Me pergunto. Uma psicóloga? Dei uma risadinha, por acaso ali era uma escola de vândalos, prostitutas, pessoas com vidas difíceis?

– Olha só, estou vendo uma carinha nova! – ela exclamou, olhando em minha direção – Qual é o seu nome?

– Laura – respondi.

– Prazer em conhecê-la, Laura. Meu nome é Samara Andrews – disse, ainda sorridente. – Uma vez por mês nós fazemos esse encontro, quando vocês se abrem ou simplesmente escrevem uma redação. No fim do ano será montado um diário e as redações serão devolvidas para vocês dessa forma. Bem bacana ter algo assim que registra o quanto estão crescendo, não é?

– Mas qual é o ponto? – perguntei.

– A escola acredita que isso ajuda adolescentes como vocês seguirem a vida.

– Mas isso não é, tipo, verdadeiro, certo?

– Como assim?

– Não consigo imaginar a maioria escrevendo coisas íntimas e entregando para você que é... meio que uma estranha – respondi, procurando as palavras que fossem mais simples.

– Eu não mostro pra ninguém, confie em mim – ela respondeu, sorrindo. – Isso é apenas uma opção de trabalho extra.

Entendi. Aposto que noventa por cento das histórias são inventadas.

– Uma opção? Isso significa que existem outras formas de ter esses créditos extras? – uma mescla de confusão e interesse se espalhou por meu rosto, achei essa coisa americana demais.

– Existem, claro – ela respondeu.

– Então isso quer dizer que eu não sou obrigada a escrever essa redação? – perguntei.

A srta. Andrews pareceu ter visto essa pergunta como uma oportunidade. Ela deveria estar tratando pessoas num centro de reabilitação, não conversando com jovens de uma escola particular.

– O que você gostaria de fazer?

– Qualquer outra coisa – respondi. – Afinal, eu já estou atrasada – notei que algumas pessoas já tinham começado sua redação. – E não confio em você, não acho que se eu demonstrar ser uma pessoa rebelde você vá deixar de mostrar minhas "confissões" para o diretor e chamar meus pais – então levantei. – Lamento, mas não vou participar disso.

Samara então fez um aceno com a cabeça e entendi que eu poderia sair.

– Algumas pessoas acham que essas redações são uma forma fácil de conversar com os pais, de fazê-los entender – ela disse, quando eu já estava na porta.

– Algumas pessoas devem achar mesmo – respondi, com certa educação. E saí.

Não acredito que levantei da cama pra perder meu tempo com essa porcaria. Nas escolas públicas pelo menos não fazemos essas besteiras, os professores acham que isso é muito esforço para pessoas que não gostam da escola – pessoas como eu.

Comecei a andar sem rumo pelos corredores, quando ouvi exclamações de uma menina com trezentas coisas nas mãos, deixando cair cartolinas, canetas de pintar, fitas durex, essas coisas.

Então peguei as coisas do chão.

– Ah, obrigada – ela sorriu pra mim.

A garota tinha os cabelos repicados e castanhos, maquiagem carregada nos olhos e uniforme personalizado.

– Para onde você está levando tudo isso? – perguntei.

– Para a biblioteca.

– Eu ajudo você.

Peguei algumas coisas da mão dela e caminhamos juntas até a biblioteca. Chegando lá, percebi que mais pessoas trabalhavam com cartolina, desenhando abóboras e recortando fantasmas.

– No que estão trabalhando? – perguntei, enquanto despejávamos as coisas em cima de uma mesa.

– No *halloween* – respondeu. – Estamos ajudando as séries mais novas, quer ajudar?

– Aham – respondi, sorrindo um pouco. – Qual seu nome?

– Danny – respondeu. – E o seu?

– Laura.

– Bom, vamos trabalhar, que temos muita coisa a ser feita!

Não que eu tenha feito uma amizade intensa, mas me senti bem ajudando Danny com as coisas. Conversei com outras meninas e meninos, pois cada um se ajudava. Não sei se eu podia, mas... Não voltei para minha sala no resto da manhã.

O dia do baile chegou logo, mas não tão rápido. Até lá, fui corrompida por uma sociedade sem gosto, sem estilo, de cores claras e brilhantes que refletem o quanto somos escuros por dentro. Fiz de tudo para me impedir de entrar nesse mundo de tecidos caros, reuniões que puxam o saco dos pais das famílias, esse mundo em que todos precisam se sobressair de alguma forma. Mesmo que eu tivesse começado a me acostumar, e até a gostar um pouco da minha nova vida, minha depressão ia me visitar durante à noite enquanto eu dormia.

Ela gostava de me lembrar o quanto eu vivia no lugar errado. Minha depressão me dizia que era muito egoísta por reclamar tanto de um lar que meus pais lutaram a vida inteira para que eu morasse. Mas minha depressão também me entende. Ela entende que no meu passado eu adoraria viver numa cidade como essa, numa casa bonita, alta e com esse estilo antigo. Mas não desse jeito. Não sem saber. Sem poder fazer minha própria decoração, sem poder escolher minhas roupas, sem poder falar com meus amigos, sem poder ter tido a chance de me despedir de Jack.

Minha depressão sabe que eu ficaria relutante em ir ao baile por causa do Jack, mas também sabe que o Jack viria me encontrar sempre que possível. E, mesmo que ele não pudesse vir, e nós acabássemos terminando, minha depressão e eu sabemos que esse não seria o fim do mundo. Mas vendo o jeito como as coisas aconteceram, parecia mesmo o fim. O fim da antiga

Laura. Eu não quero, não estou pronta. Apesar de todo o esforço de meus pais, em deixá-la para trás.

Todas as noites minha culpa se une à minha depressão e, juntas, comandam meu cérebro para pensar apenas na noite em que aquele garoto me beijou. Eu o atingi e saí correndo, então fui atropelada. Aí minha melancolia resolve se juntar à festa e me faz perguntar: o que meus pais viram de tão errado na minha vida? Minha depressão, minha culpa e minha melancolia não sabem chorar, então eu choro pelas três.

As três também às vezes me obrigam a fazer coisas estranhas, como noutro dia, na escola, uma menina veio falar comigo na hora do intervalo e disse que tinha gostado da minha blusa. Eu tinha gostado da dela também, então perguntei se ela queria trocar, ela respondeu que sim. Aí tirei a minha blusa na frente de todo mundo – sem olhar para ninguém – e entreguei a ela. Não sei o que ela achou de tão especial, mas sorriu e tirou a dela também. Trocamos de blusas e pronto. Quando a inspetora de alunos apareceu, contamos que aquilo era invenção, e depois nada aconteceu.

Daqui a alguns minutos eu irei para a escola me encontrar com Evan. Ele queria vir aqui me buscar, mas preferi ir só.

Então, depois de três horas sentada nua e de cabelo molhado em minha cama, decido me trocar. Abro a porta do meu guarda-roupa e me pergunto qual vestido usar (não precisei pensar muito para pegar o mesmo vestido que usei naquele dia na festa de Malu).

Faço o caminho da escola sem levar nada comigo. Devo encontrar minha irmã no baile. Ela tem a chave de casa, e depois vamos voltar juntas. Chego lá e começo a procurar o Evan.

E é então que, no meio da daquele monte de gente, sinto duas mãos grandes apertando por trás a minha cintura, me trazendo para si – não com força, mas com vontade. Meus olhos se arregalam e uma lágrima escorre em meu rosto, me viro e o abraço com toda a saudade do mundo, envolvendo-o em meu choro.

Não precisava ver nada, ninguém precisava dizer nada, eu sabia quem era.

– Eu... finalmente te encontrei – disse em meu ouvido aquela voz tão conhecida. – Vem pra outro lugar comigo?

– Qualquer lugar – respondi.

Então o abracei pela cintura e saímos andando de lá, sem me sentir culpada por abandonar Evan ou aquele baile bobo, eu tinha um excelente motivo.

Fora da escola, algumas quadras adiante, Jack me abraçou de novo e me beijou. Aquele beijo quente, tão gostoso, tão acolhedor, que só ele tem. Beijei-o de volta abraçando-o pelo pescoço e novas lágrimas começaram a escorrer.

Ele se afastou.

– Não chore – disse. – Não precisa chorar.

– Como você me achou? – perguntei, deixando as lágrimas irem para onde quisessem.

– Não foi fácil, mas finalmente pensei que vocês se mudariam para algum lugar relacionado com o emprego de seu pai – ele sorriu. – Desculpe a demora, eu não sou muito inteligente.

Dei uma risadinha, ainda sem acreditar.

– Bobo! – abracei-o de novo, ainda mais forte. – Eu senti tanto a sua falta.

– Eu sei, eu sei – ele disse, respondendo ao meu abraço. – Mas eu estou aqui agora.

Sorri e respirei fundo, me desvencilhando dos seus braços.

– Eu estou meio sonolento – ele disse. – Podemos ir a uma cafeteria?

– Claro que podemos! Vamos achar uma, juntos! – respondi, animada e segurando sua mão.

Começamos a andar.

– Você não sabe onde tem uma cafeteria por aqui? – Jack perguntou, zombando de mim.

– Não me acostumei muito à cidade depois que saí do coma – disse aos poucos –, aliás, foi por isso que eu nunca mais falei com você... Porque, quando acordei, já estava aqui e...

– Shh – ele parou por um segundo e tocou os meus lábios – Eu sei. Não precisamos falar sobre isso.

Concordei.

Bem longe da escola encontramos uma cafeteria meia-tigela, era a única aberta. Sentamos em uma mesa, mas logo levantei:

– Ah, vou ao banheiro... Pede um *cappuccino* pra mim?

– Claro – ele piscou.

No banheiro, me olhei no espelho. Apenas a presença de Jack já tinha me dado uma aparência nova, um novo brilho. Bem, verdade que não foi só a presença, mas o abraço, o beijo, tudo! Lavei o rosto, arrumei meu vestido e, quando voltei, meu *cappuccino* e o café de Jack já estavam lá. Tomei um grande e longo gole.

– Nem acredito que você está aqui – sorri pra ele, nossas mãos se entrelaçaram por cima da mesa.

– Laura, eu... – ele começou –eu senti muito a sua falta – já ia dizer "eu também", mas algo me disse pra não interromper – e... quero te levar de volta.

Estranhei.

– Como assim? – tomei outro gole do *cappuccino* com o pretexto de tirar minha mão da dele. Algo está errado. Por que isso não soou como devia?

– Eu quero você de volta – ele disse, ignorando seu café. – Quero te levar de volta, você pode ser quem você era, ver nossos amigos, ficar comigo pra sempre.

Notei seus olhos e vi que Jack parecia sem jeito.

– Eu quero você pra mim, só pra mim – continuou. – Quero minha Laura de volta, você parece tão diferente...

– Não estou – respondi, escondendo um grande bocejo com as mãos.

Comecei a sentir minha cabeça pesada. Jack começou a falar coisas, mas não consegui ouvir, minha visão ficou embaçada e minhas mãos, moles. A xícara de *cappuccino* parecia muito pesada.

Coloquei-a na mesa com medo de derrubá-la, mas tive que apoiar minha cabeça nas mãos para sustentar o peso, todas as coisas começaram a... girar.

Jack foi ficando longe... longe... longe... longe... distante. Meus olhos começaram a fechar como se eu não dormisse há anos.

Sonhos começaram a preencher minha mente. Sonhos coloridos e sem sentido, distorcidos, vez ou outra eu podia reconhecer uma figura. Não me vi nos sonhos e, quando eles começaram a se dispersar, senti como se anos tivessem passado.

Acordei com sede.

# Parte

# 3

Minha visão ainda estava embaçada.

– Jack? – chamei, com os olhos cansados e com algumas lágrimas de sonolência. – Você ainda está aí? – não conseguia pensar muito no que dizia. – Estou com sede... Eu...

Forcei meus olhos antes de abri-los, a escuridão começou a se esvair e as figuras que formavam o lugar começaram a ficar reconhecíveis.

A luz estava acesa, pela pequena janelinha vi que ainda estava de noite, reconheci aos poucos o lugar: era o estúdio de tatuagem de Jack e Thomas.

– Eu estava esperando que você desse um fora no Jack – me assustei ao ouvir a voz de Thomas.

E foi por me assustar e tentar me mover que percebi onde eu estava. Deitada numa cadeira reclinada, minhas mãos e meus pés amarrados, eu vestia apenas calcinha e sutiã.

– Thomas? – perguntei, muito séria. – Do que você tá falando, por que eu tô desse jeito e quando foi que chegamos aqui?

– Eu queria que você já tivesse superado o Jack – Thomas respondeu, enquanto mexia em um desenho. – Ou pelo menos mudado o bastante para não aceitar passear com ele. Depois que você apagou, ele te trouxe pra cá. Não são muitas horas de carro.

Claro que são, devemos estar no meio da madrugada.

– Por que eu estou amarrada? – perguntei.

– Porque você não ouviu quando todo mundo tentou te dizer pra não se apegar ao Jack – Thomas respondeu, se aproximando de mim com muita raiva. – Porque você não entendeu quando eu disse que se algo ruim acontecesse eu não poderia fazer nada pra evitar!

– Do que você tá falando? – perguntei de novo, um fio de medo podia ser reconhecido na minha voz.

– Que você vai ganhar uma tatuagem – disse Thomas, sendo alegremente irônico. – Uma das belíssimas provas do amor do Jack por você. Mas ele me disse para eu fazer o desenho desta.

Ele me mostrou o desenho: uma flor.

– Que tipo de maluquice é essa? – perguntei, rindo. – Se vocês estão tentando me punir por eu ter ido embora, saibam que a culpa não foi minha. Pare de brincar e me solte.

– Eu não estou brincando – Thomas respondeu, pegando uma cadeira e se sentando do meu lado com o desenho na mão. – Eu não posso te soltar, não posso te deixar ir embora – a voz de Thomas estava pesada, como se as palavras pesassem uma tonelada. – Você não tem ideia de como Jack foi se tornando agressivo desde que você foi embora, a mente dele simplesmente... simplesmente pirou. Brigamos muito feio esses dias e, com você aqui, eu acho que ele vai acalmar os nervos, sei lá – então me olhou fundo. – Eu sinto muito, Laura, mas você vai ter que dar um jeito de sair daqui sozinha. Você vai ter que fazê-lo entender que prender uma pessoa não é amá-la.

Senti um frio na barriga enquanto ele passava o desenho nela. Tudo aquilo que Thomas estava dizendo... Significava que Jack não ia me deixar ir embora? Como assim?

– É o seguinte – Thomas disse. – Jack vai aparecer e ele vai te tatuar. Ele colocou na cabeça que é isso que ele precisa pra provar que te adora...

– Mas... – tentei interromper, mas Thomas não deixou.

– Eu sei que você vai ficar brava e vai tentar evitar. Tente, mas saiba que você não vai conseguir. O melhor a fazer é você respirar fundo e deixar ele te tatuar.

– Do que está falando?! Que eu vou ficar com a marca da loucura de Jack no meu corpo pra sempre? – perguntei muito brava, mas me controlando pra não falar alto demais.

– Você vai ter essa marca registrada de uma forma ou de outra – Thomas disse, querendo parecer calmo. – Mas eu imagino que seja melhor ter uma flor benfeita de prova de amor forçada do que uma imagem bagunçada.

Thomas tem razão. Mas quando Jack aparecer, tenho certeza de que posso fazê-lo desistir dessa insanidade. Jack apareceu não muito tempo depois, com um sorriso cansado no rosto.

– Jack, o que eu estou fazendo aqui? – comecei, tentando rir. – Por que você me amarrou?

– Porque você estava desmaiada e eu não queria que você caísse daí – ele mentiu descaradamente.

Senti raiva.

– Você não pode me tatuar – deixei escapar. – Se você me tatuar eu vou ficar morrendo de raiva de você.

– Não tem problema, a raiva vai passar e eu terei trazido um pouquinho da minha amada Laura de volta – Jack se sentou perto de mim e observou o desenho. – É um desenho lindo, Thomas. Pode subir agora, quero fazer isso sozinho.

Thomas se afastou de mim e saiu. Depois de ter gritado "não!" várias vezes, Jack parecia tão cansado que tive certeza de que minhas palavras não chegavam até ele.

Acabei concordando que era melhor deixá-lo fazer a tatuagem do que correr o risco de tatuar um rabisco. A agulha não me incomodou, foi uma fisgada que me causou um pequeno susto, mas tentei relaxar enquanto a tatuagem se completava.

Não sei o quanto demorou, mas, durante o processo, Jack me contou – entre outras coisas, como se o que ele estava fazendo fosse muito normal – que tinha montado um quarto pra mim. Não deu outra, quando ele me desamarrou, corri para o andar de cima. O único lugar da casa que tinha passagem livre.

E encontrei o que seria meu quarto.

Um inferno. Tive a sensação de que aquilo representava a entrada no inferno.

Me olhava séria no espelho, não parecia triste nem perdida, mas com raiva. Foram lágrimas de raiva que escorreram pelo meu rosto e que, ao caírem, encontraram meu seio nu. Não parecia verdade que tudo aquilo estivesse acontecendo.

Recordei-me de quando eu vi Jack pela primeira vez e disse que ele podia tatuar meu corpo inteiro se quisesse. Como me arrependo de ter dito isso.

A flor, apesar de bonita, com as folhas indo em direção ao meu umbigo em uma espécie de onda, ardia. Toda a pele em volta estava vermelha como se sofresse. Como se quisesse fugir do meu corpo e se esconder. Cobri a tatuagem com a mão, senti meu estômago se revirar, agora as lágrimas caíam sem o menor controle e, por um momento, eu senti meu corpo todo ensopado.

Quando eu tirar minha mão, eu quero que a tatuagem tenha desaparecido...

Mas ela continua ali. Mas... e eu? Por que eu estou ali? Me pergunto observando meu corpo nu no espelho, imaginando qual seria o lugar da próxima...

Por quê...? Então, de maneira instintiva, olhei pro meu diário antigo jogado em cima da cama e, num segundo de fúria, atirei-o contra o espelho.

Depois a caneta. Depois minha blusa. Minha calça e todas as coisas que estavam em cima da cama. Chorava descontrolada, até que ele finalmente se quebrou.

O barulho do vidro se partindo e dos cacos caindo no chão me espantou, e parei. Procurei com cuidado entre os cacos o que eu havia jogado de tão pesado que fizera o espelho se partir. Achei. Em cima das roupas e entre os cacos, estava a pedra que Jack há muito tempo tinha me dado e que ele dizia que era o mundo – ela era arredondada e mesclada, como se fosse a divisão dos países.

Quase ri com ironia. Não havia me dado conta dela quando a peguei em meio as outras coisas. Nada parecia tão forte para quebrar a imagem – minha – que eu via. Mas, mesmo que o espelho tivesse se partido, ele ainda não havia apagado o corpo que gerou o reflexo.

Sentei na cama de pernas cruzadas e escondi o rosto com as mãos, tentando impedir as lágrimas de sair.

Mas minha melancolia foi interrompida quando Jack entrou de supetão no quarto, perguntando o que havia acontecido, já que tinha ouvido um barulho de algo se quebrando.

– Então foi o espelho – ele disse.

– Foi sem querer – respondi tirando as mãos do rosto, mas olhando pro chão.

Ele andou e sentou na cama, ao meu lado. Eu não me importei de estar ali nua ao lado dele. Por que deveria? Por que eu devo achar que tenho que me esconder de um homem que fez o que bem entendeu do meu corpo?

Não me resta nenhuma decência nesse momento. Nenhum cuidado ou autopreservação que me faça tentar me cobrir.

Ou medo.

Depois da dor que passei, mais psicológica do que física, nada mais me dava medo ou me fazia pensar que existia algo pior. Embora ainda não saiba se doeu mais fazer tatuagem ou saber que Jack havia coordenado tudo. E, mais que isso, me amarrado para que eu não escapasse.

Me dá vontade de nunca mais dormir para poder não acordar em um lugar assombroso como esse.

Nem imaginar que talvez Jack ficasse bravo pelo espelho quebrado ou pela minha falta de respeito com aquela pedra de valor sentimental me fez sentir medo. E de fato, sentir medo seria inútil. Jack nada falou.

– Aposto que na sua cabeça está passando a pergunta "você está bem?", mas que você acha idiota e bonitinho demais pra me perguntar. E, de fato, é mesmo – disse.

– Durma comigo hoje – ele disse, apenas.

Naquele momento eu não soube se chorava mais ou se ria.

– Por quê? – rebati. – Tá na cara que você não gosta mais de mim ou se importa comigo. Por que eu deveria dormir com você?

– Não, Laura. Eu ainda gosto de você.

– Você me forçou a fazer uma tatuagem! Você fez Thomas fazer o desenho e me tatuou! – gritei, olhando com raiva para ele. – Contra a minha vontade! Você teve coragem de me amarrar lá! Não me venha com desculpas!

– Eu estou tentando trazer a minha Laura de volta! – respondeu. – Ela teria adorado ganhar uma tatuagem!

– Sem nem ao menos escolher o lugar e o desenho? – perguntei, sem gritar, mas ainda com raiva. – Nem a Laura que você conheceu gostaria disso.

– Você me disse que eu poderia fazer isso com você!

– Você é maluco?! Eu estava feliz em ver você e agora estou me odiando por causa disso!

Prendi minha respiração quando ele se levantou de repente e se virou para mim.

– Isso está fora de discussão. Você é minha, posso fazer o que eu quiser. Se você não vier para cama comigo agora eu vou te arrastar até lá.

– Me dê um minuto – respondi.

– Um minuto – ele enfatizou e saiu.

Me levantei ignorando os cacos de vidro ao lado da cama e caminhei até o guarda-roupa, abri uma gaveta e me deparei com várias cuecas coloridas.

Eram minhas. Até isso minha mãe tinha posto pra fora de casa, para quem quisesse levar.

Não visto mais o mesmo tamanho, mas fiquei feliz por uma delas ter servido. Procurei minha antiga camisola, suspeitando que estaria lá também, e estava. Vesti.

Eu deveria brigar, lutar, dizer ao Jack que ele havia sido cruel comigo e que não poderia me forçar a dormir com ele se eu não quisesse. Mas então me lembrei: ele podia. Ele me fez uma tatuagem à força; me fazer ficar na cama com ele à força não parecia grande coisa depois disso. Nem que fosse desmaiada por um murro na cabeça ou, quem sabe, pelo efeito de um remédio...

Tentei esvaziar a minha mente, não pensar em nada... Saí do quarto com passos pequenos, quase como um zumbi, e caminhei silenciosamente até o quarto de Jack. Estranhei ele ainda não estar lá. Não acendi a luz – havia uma pequena claridade que vinha da sala no fim do pequeno corredor – e me deitei no lado que costumava ser meu quando dormíamos juntos.

A diferença é que antes, quando dormíamos juntos, eu não ficava exatamente do meu lado. Eu praticamente invadia o lado dele querendo grudar tanto quanto eu pudesse para dormir abraçada a noite toda. Flashes desses momentos me invadiram. Segurei o choro, me cobri e fiquei no canto da cama olhando para a parede.

Não posso dizer quanto tempo passou até Jack entrar no quarto. A angústia tinha feito eu me perder dentro da parede que eu olhava, imersa nos meus pensamentos.

Ouvi Jack entrar e senti a cama se mexer quando ele deitou e se cobriu. Por alguns minutos ele respeitou minha vontade de ficar ali no canto, ou simplesmente não quis se aproximar de mim de imediato, e então passou sua mão em minha cintura.

Não me mexi. Só quando ele quis me trazer pra perto... Acabei cedendo. Meu corpo se virou como água em uma onda silenciosa e monótona e ficou voltado para ele.

A força do hábito quase me fez dizer "boa noite", mas me contive. Imagino que ele só queira a minha presença, a ilusão de que tudo está bem, a fantasia de que é só mais uma noite como todas as outras em que eu dormi na casa dele.

Lá estava ele me olhando com seus olhos intensos e que pareciam brilhantes mesmo em meio à escuridão – que agora era total, já que Jack tinha fechado a porta. Esperei que ele dissesse alguma coisa, se manifestasse ou até virasse de costas, mas ele não fez nada.

Bufei.

– O que foi? – perguntou.

Ah, *nada*. Seu imbecil e filho da puta. Essa porcaria que você me fez vai ficar no meu corpo até eu morrer, só isso.

Ergui as sobrancelhas como resposta.

– Ei, vem aqui – Jack disse, me trazendo para perto de si.

Nesse momento meu corpo se aqueceu e minha mente deu um estalo. Aquilo não tinha soado como uma ordem ou algo assim, foi como se o Jack que eu havia me apaixonado estivesse me querendo em seus braços e não houvesse nada mais natural do que isso.

E, quando eu fui perceber, lá estava eu, praticamente em seu peito enquanto ele mexia no meu cabelo.

– Eu estou feliz que esteja aqui. Eu sofri muito sem você, eu te procurei em toda a parte, você não tem noção do quanto eu enlouqueci quando soube que você tinha ido embora sem nem falar nada.

Na verdade eu acho que eu tenho um tanto de noção sim, pensei. Mas não disse nada. E só pra constar, eu estava em coma.

– Eu não sabia que você tinha entrado em coma. Eu me arrependi tanto de ter ficado com raiva de você Laura... – senti uma lágrima escorrer de meu rosto enquanto eu ouvia Jack falar. – Então eu... Tive que esperar você acordar... Voltei para cá, mas quando te vi de novo você estava acordada e tão diferente... Doeu te ver daquela forma tão... *normal*.

Ele me beijou. Foi a última coisa que lembro que ele fez antes que eu adormecesse, antes que eu me descobrisse tão exausta. Mas não posso garantir se dormi de imediato, ou três horas depois, a única coisa de que tenho certeza foi que o beijo foi a única coisa que aconteceu... E frio, distante, como se ele estivesse beijando outra pessoa.

No dia seguinte, quando acordei, eu estava sozinha, mas pelo menos ainda estava na cama de Jack. Minha camisola estava em meu corpo. Conferi meus braços e minhas pernas para ter certeza de que não tinha uma nova tatuagem.

Sai do quarto estranhando o silêncio. Caminhei até a sala, depois até a cozinha e então me lembrei de flashes daquela noite. O beijo vindo daquele garoto estranho, a forma como eu acertei sua cabeça com a garrafa de cerveja e, depois, o momento em que saí correndo para o acidente que provocaria o maior desastre da minha vida.

Foi só depois de balançar a cabeça, na esperança de que o passado fosse de fato esquecido, que eu vi a pia cheia de louça suja.

Respirei fundo. Sei que, se Jack ainda não me contou que aquela será uma das minhas funções, quando ele falar, essa pia vai estar muito mais cheia. Enquanto lavava os pratos percebi que aquela louça não recebia atenção há semanas.

Não sei quanto tempo demorei lavando, mas quando terminei, me senti como se não tivesse feito nada. Havia acordado cansada. Sem falar que é melhor lavar a louça sozinha do que em meio a brigas, ou sei lá o quê.

Caminhei até a sala e observei as grades nas janelas, agora havia grades em todas as janelas da casa. Também havia uma porta no alto da escada, que eu chequei e estava trancada.

Peguei vassoura, pá e jornal e me preparei para limpar a sujeira do meu quarto. Mas por algum motivo desisti. Limpar aquela sujeira não ia limpar o que eu sinto por dentro. O espelho caído em pedaços representa tão bem meus sentimentos. Tomei cuidado e retirei a pedra do meio dos cacos, passei uma água e a deixei lá.

Notei algo em cima da cama que antes não havia me dado conta. Era um bilhete que dizia: abra a porta do espelho do banheiro. Caminhei até o banheiro e abri o armarinho. Quase não acreditei no que via.

Pelo menos cinco caixas de tinta vermelha. Se ele nunca quis me perguntar qual era o tom de cor que eu usava, agora ele tinha tentado acertar. Naquele momento, tive certeza de que seu plano era me fazer voltar a ser a garota que ele conheceu.

Mas ele não sabia que eu... estava até meio feliz, mesmo tendo o cabelo loiro de volta, mesmo usando roupas que combinam – e não combinam – comigo, mesmo tendo conversas fúteis com meninas do colégio. Eu estava me acostumando e começando a achar – pra alegria dos meus pais – que aquela nova vida não ia ser um pesadelo pra sempre.

Ou agora, por causa da minha situação, eu penso que estava gostando. Não sei.

Meu cabelo tinha crescido de lá pra cá, mas eu não estava certa se devia cortá-lo. Fiquei alguns minutos refletindo e então fui até meu guarda-roupa e encontrei uma tesoura, voltei pro banheiro e preparei a primeira mecha a ser sacrificada.

Então parei.

Senti medo de cortar errado, medo que Jack ficasse bravo, medo que isso gerasse algum tipo de tortura.

Larguei a tesoura na pia e peguei uma das caixas de tinta vermelha. E a abri. Parecia mágica o loiro virando vermelho à medida que meus dedos zanzavam nos fios. Tudo bem, Laura, é apenas tinta, e estava lacrada, não há nenhum veneno ali. Não há porque fazer drama.

A situação não era excelente, mas não me senti perdendo minha verdadeira identidade enquanto tingia os fios loiros com tinta vermelha. Na verdade, me peguei respirando fundo e demorando o quanto fosse para que ficasse benfeito. Não foi como se eu estivesse me perdendo no passado, mas, sim, me recuperando.

Em cada mecha tingida eu tive a impressão de respirar um ar novo. Como se aquela simples tinta estivesse me passando algum tipo de coragem, acordando alguma lembrança que dizia que a Laura era uma garota de atitude ou que era, no mínimo, autêntica, e que ela não ia se deixar desanimar.

Eu podia ter sofrido muito mais por ter tido o cabelo vermelho quando pintei pela primeira vez, mas não sofri. E talvez eu esteja viajando na maionese, mas ter esses pensamentos me fez pensar que não é de todo ruim estar ali pintando meu cabelo. Voltar, de alguma forma através da aparência, a ser quem eu era quando Jack me conheceu.

Talvez Jack não me faça outra tatuagem. Talvez ele me veja com o cabelo vermelho e tenha a ilusão de que vivemos no passado e ele se concretize. Talvez ele não grite mais, não brigue mais com o irmão nem comigo. Talvez não faça qualquer outra maldade.

Parei e me olhei no espelho cerrando os olhos, eu estava pensando coisas estúpidas. Jack, me machucando assim, não está normal. Eu tenho que descobrir o que está errado. Alguma coisa em mim simplesmente não pode – nem consegue – acreditar que ele tenha surtado depois do meu acidente.

Deve haver outra resposta.

Depois dessa reflexão, tive que me concentrar mais para terminar de pintar meu cabelo, porque a vontade de bisbilhotar todo o quarto e o banheiro de Jack começou a se desenvolver.

Terminei, coloquei uma toca de banho – já que estava sozinha mesmo – e fui até o quarto de Jack, abri o armário e comecei a procurar sem saber pelo quê. Abri as gavetas e vasculhei tudo, até suas meias e cuecas, procurando qualquer coisa. De repente, encontrava uma bula de remédio, quem sabe uma receita, quem sabe até seringas.

A procura pelo objeto desconhecido começou a me deixar aflita. Revirei as cobertas, debaixo do travesseiro e debaixo da cama. Corri até o banheiro e abri o armarinho como se tivesse esperança de encontrar um tesouro. De fato, encontrei alguns remédios lá, mas eram para dor de cabeça e essas coisas mais normais.

Abri outro armário que tinha no banheiro e procurei atrás das toalhas limpas e dos papeis higiênicos ainda guardados, mas não achei nada. Pensei que, se fosse algo que devesse ser bem escondido, deveria estar nos lugares mais bizarros, então resolvi procurar entre os sapatos de Jack. Sem sucesso. Ele tinha dois pares de tênis e, como ele não estava em casa, apenas um estava lá.

Corri até a cozinha e abri novamente a geladeira – mais vazia que a sapateira de Jack –, procurei nos armários e nas panelas, mexendo cada vez mais rápido nas coisas, como se um desespero crescesse em mim. Como se a minha vida dependesse daquela coisa que ainda não tinha sido encontrada.

Parei quando tive a consciência disso. Tive que parar. Não podia ficar paranoica. Não importava o que acontecesse, eu era a pessoa ali que deveria fazer o possível para ficar sã.

Ouvi a porta destrancar quase duas horas depois, meu cabelo já estava pronto, eu já tinha tomado banho e estava vestida com minhas antigas roupas. Quando ouvi o barulhinho na porta me sentei na poltrona da sala, perto da janela, como se eu estivesse folheando aquela revista há horas.

– Laura? – ouvi.

Era o Jack. O barulho das chaves trancando a porta me fez arrepiar, parecia que tinha sido trancada como os cofres de Gringotes, com as unhas dos duendes, e bem ali, ao meu lado.

(Pelo menos num dos filmes do Harry Potter é com as unhas que um dos cofres é fechado).

–Aqui – respondi, como se não fosse nada demais.

Estremeci ouvindo os passos de Jack e levantei os olhos pra ele quando se aproximou.

Ele sorriu ao me ver. Por educação, hábito ou teatro, eu me levantei e tentei sorrir para ele, como se o que havia acontecido ontem estivesse distante ou como se não tivesse significado nada. Penso que é assim que se deve se comportar perto de pessoas que não estão em seu estado normal.

– Vermelho é a sua cor – ele disse.

– Que bom que gostou – respondi. – Eu não sabia se você queria que eu cortasse ou não... – Tentei me justificar como uma boa namoradinha que faz tudo que o cara manda.

– Não, está linda assim, te deixa mais mulher – Jack me disse, passando a mão nos meus cabelos.

Então me beijou. Mas não foi um beijo qualquer, eu conhecia aquele beijo. Jack me beija de uma forma diferente, querendo algo mais.

Quando é um beijo por carinho, ele começa suave, com selinhos, um abraço pela cintura, e aí depois vem um beijo de verdade. Mas quando o beijo começa intenso é porque ali vai acontecer alguma coisa.

Arregalei os olhos e tentei me afastar, mas ele cruzou seus braços em cima dos meus como num abraço muito forte, forte o suficiente para que eu não conseguisse me desvencilhar. Ele começou a andar para trás e eu sabia que ele estava querendo me levar pro quarto. Eu não quis ir, mas Jack parecia tão mais forte que antes que cedi.

Eu não era a pessoa que mandava ali, nem a que venceria uma luta caso acontecesse uma rebelião.

Ele arrancou minha blusa, me derrubou na cama e veio sobre mim. Nesse momento, senti que se por acaso ele me machucasse ao me jogar na cama, ele não ligaria, mal perceberia.

A sede com a qual ele atacou meus seios me fez sentir nojo e ficar enjoada, fechei meus olhos muito forte. Como se eu fosse uma boneca, ele me colocou de bruços e segurou meus pulsos contra a cama. Parecia matar a fome.

– Meu Deus, eu senti tanto a sua falta. Acho que até já sei onde farei sua próxima tatuagem.

Então eu congelei. Lágrimas brotaram em meus olhos, e senti vontade de fugir. Aquele não era Jack.

Não pode ser.

– Por que está fazendo isso comigo? – perguntei, com voz fraca como se estivesse sido torturada até quase a morte.

– Como assim? – Jack me perguntou, realmente confuso, saiu de cima de mim e me virou como se eu fosse uma boneca.

– Por que está me tatuando? – perguntei de novo, com lágrimas prontas para escorrerem.

– Porque eu te amo. E eu quero fazer em você o que eu faço de melhor.

Meus olhos se arregalaram ao ouvir aquela resposta. Aquilo não podia ser possível. Levantei e me recostei na cabeceira da cama, abraçando os joelhos.

– O que você está fazendo é o pior que poderia fazer! – respondi, inconformada.

– Como assim?! – Jack me perguntou, como se não fosse possível ele se dar conta do que tinha feito.

– Você me sequestrou, me tirou da minha família, sem deixar uma pista sequer! – quase gritei em resposta e agora as lágrimas escorriam. – Você... Você me apagou! Me fez uma tatuagem sem o meu consentimento e...

– Sem o seu o quê? – ele zombou. – Você sempre disse que eu poderia treinar em você o quanto eu quisesse.

– Você roubou as minhas coisas antigas e agora está tentando me transformar! – gritei.

Minha voz saiu rouca.

– Eu estou tentando te trazer de volta! – sua voz foi mais alta e mais furiosa que a minha. – Aquelas pessoas te tiraram de mim enquanto você estava inconsciente! Você imagina o desespero que eu fiquei achando que você tinha morrido?

– Jack – tentei, com mais calma. – Eu compreendo. E sinto muito por não ter te procurado, mas entenda... Eu não pude! Ninguém me falava sobre você eu não podia ficar sozinha um segundo! Eu...

– Eu não estou culpando você por nada, pelo contrário... – começou.

Mas eu o interrompi.

– Se não está me culpando por que me tortura me deixando presa aqui?!

Senti seu rosto se transformar, meus lábios tremerem e minha pele gelar, como se estivesse muito frio. Meus olhos se arregalaram e novas lágrimas se juntaram prontas para desabar como uma cachoeira.

– Você não entende...

Me assustei. Sua voz estava mais sombria do que a escuridão do quarto, então apalpei a cama e me movi mais para a ponta.

– Eu estou fazendo isso por você... – Jack continuou, se aproximando.

– Jack, eu juro, eu senti a sua falta, eu queria estar com você o tempo todo, mas...

– Mas?

– Eu meio que gostei da pessoa que eu me tornei enquanto estava fora daqui – respondi, soltando aos poucos.

– Não é possível – ele franziu as sobrancelhas. Agora ele parecia um animal selvagem, muito bravo e grande, diante de um animal que não podia se defender.

Suas garras se dirigiram em minha direção, mas consegui pular da cama antes que elas me alcançassem. Corri para fora do quarto até a porta do corredor, mas ela estava trancada. Corri para as janelas da sala, tentei arrancar as grades, mas minha fúria e meu medo eram maiores do que minha força, e não consegui.

– Laura! – ouvi meu nome sendo dito por aquele homem que eu não conhecia. – Por que está fazendo isso?

– Fique longe de mim! – gritei.

– A única coisa que eu quero é ter você comigo, não há nada errado nisso – ele se aproximou aos poucos, e eu congelei.

– Me prendendo aqui?! Não precisa... Não precisa me prender, juro que não vou fugir – respondi suando frio, sem saber se era mentira ou não. – Juro que vou ficar com você, mas, por favor, me aceite como sou agora.

– Não – ele respondeu firme. – Não vou correr o risco de alguém te ver e te tirar de mim de novo. Laura?

Ouvi sua voz, distante. Senti minha pressão baixar e tudo começou a ficar embaçado.

– Laura?

Minhas pernas perderam a força e eu caí. Tudo rodava e eu sentia ânsia. Não é possível, não pode ser possível.

– Laura!

Abri os olhos de repente e assustada. Eu estava deitada na cama de Jack, que me sacudia. Seu olhar estava arregalado e ele parecia estar muito preocupado.

Respirei fundo e rápido, sentando e me encostando na cabeceira da cama. Olhei assustada para Jack, não conseguia falar, mesmo que tentasse mexer os lábios.

– Você desmaiou – ele me disse, colocando as costas da mão em minha testa. – Você tá bem? Caramba, você tá muito pálida! Vou pegar água gelada, não se mexa!

Vi Jack saindo do quarto, mas parecia só um vulto. Apalpei a cama à procura de qualquer porcaria que estivesse gelada, porque é isso que me acorda. O gelo. O frio.

Demorou pouco e lá estava Jack de novo na cama comigo, segurando um copo de água gelada.

– Pronto, consegue segurar sozinha? – ele perguntou, com um carinho que estranhei.

Meus dedos estavam trêmulos, mas, quando alcançaram o copo, senti como um choque. Como se algo tivesse acordado meu coração e lembrado de bombear meu sangue. Bebi o primeiro gole com dificuldade, meus olhos se fecharam por alguns segundos e então bebi outro gole.

Pensei que ia desmaiar de novo, mas, aos poucos, comecei a melhorar.

– Sua cor está voltando – ele disse com um sorriso. – Que susto.

Bebi o resto da água e devolvi o copo para Jack, que o colocou no chão ao lado da cama.

– Obrigada – disse, com a voz um pouco fraca.

– O que aconteceu? Você desmaiou e ficou branca, eu... fiz com muita força e te deixei com tontura ou... você ficou com medo quando eu falei da tatuagem?

– Tatuagem? – perguntei com o olhar mareado, como se tivesse me drogado ou despertado.

– É, eu disse que já sabia onde fazer sua próxima tatuagem e você passou mal – Jack me respondeu, olhando fundo nos meus olhos.

– Jack... – fiquei com medo de perguntar, mas estava muito fraca pra pensar em outra coisa –, por que está fazendo isso comigo?

– Como assim? – Jack perguntou, realmente confuso. Sentou-se ao meu lado como geralmente fazia quando sentia que a conversa era importante ou ia longe.

– Por que está me tatuando? – perguntei de novo, me sentindo zonza.

– Porque eu te amo. E eu quero fazer por você o que eu faço de melhor, para provar o meu amor.

Senti vontade de chorar.

Ouvindo aquelas palavras eu soube que não ia adiantar discutir, brigar ou tentar colocar em sua cabeça que, na realidade, aquela sensação de prisão e subordinação estava me matando.

– Jack... Por que... Por que antes de eu pintar o cabelo você me tratou um pouco diferente? Como se não fosse eu? – arrisquei.

– Não parecia você – ele respondeu, sincero, mas parecendo confuso. – Eu tinha que te trazer pra mim, Laura... – forcei os olhos quando eu vi uma lágrima brotando daquele gigante. – Você não sabe o desespero que eu vivi achando que você estava morta.

Como um zumbi eu fiquei de joelhos na cama e o abracei. Ele não está dizendo coisa com coisa...

– Shh. Eu estou aqui agora.

...E nem eu.

Não que aquela prisão fosse uma gaiola cheia de ratos e baratas, mas parecia que Jack e Thomas simplesmente não comiam. E, já que eu não podia sair, acabei comendo só as poucas coisas que tinham na cozinha. Isso foi me deixando fraca ao longo das semanas que se passaram.

Meus dias se resumiam a acordar, limpar alguma coisa que precisasse ser limpa, não fazer nada, tomar banho, não fazer nada, tomar água, receber Jack e ser seu objeto sexual durante a noite inteira. Durante o dia também. E durante a madrugada. Durante qualquer tempo que ele estivesse em casa. Isso me faz lembrar de um termo *otaku* – não que eu fosse muito fã de *animes* – como se chama? Uma *maid*? Sei lá, não quero nem pensar.

Ele parecia não ter mais ideias para uma tatuagem, mas isso podia ser o resultado de eu ter fingido passar a amar a tatuagem de flor, falava nela todos os dias como "a mais linda de todas". Acho que ele acabou pensando que não seria capaz de fazer "algo ainda mais lindo".

Enquanto eu tomava naquele fim de semana meu milésimo copo de água pra distrair a fome, Jack chegou com algumas coisas de comer e as largou em cima da pia, me deu um beijo no rosto e saiu. Fui até as sacolas para fuçar e descobrir se tinha alguma coisa interessante.

Havia nas sacolas um pacote de molho, um pacote de macarrão parafuso e uma embalagem com salsichas. Pelo visto, seria o almoço do dia e provavelmente eu teria que prepará-lo. Tirei uma panela do armário, lavei-a e coloquei a água pra ferver o macarrão, tive que ler o invólucro das salsichas pra saber o que fazer com elas.

Para o tempo passar mais rápido – e para tentar descobrir como fazer alguma coisa apetitosa –, depois que coloquei as salsichas pra cozinhar, fui até "meu quarto" e comecei a procurar algo que me desse uma luz.

Então, como mágica, um caderno caiu em meu colo.

O meu diário.

Eu tinha me esquecido de que ele estava ali também. Peguei-o e, assim que o fiz, vi que meus dedos pareciam estar ainda mais longos, mais brancos e mais magros que antes. Essa visão me deixou meio atordoada, como se eu tivesse visto um fantasma.

Abri logo o diário, em qualquer parte.

> Eu joguei o jogo da verdade pela primeira vez na minha vida naquela noite. E descobri várias coisas interessantes sobre eles, mesmo que não tivesse nada de interessante para contar sobre mim. Uma das perguntas que fizeram para Jack era sobre tatuagem, se ele fosse me presentear com uma tatuagem, o que ele tatuaria.
>
> Primeiro ele respondeu qualquer desenho que eu quisesse – e isso foi muito meigo, pelo menos eu achei –, mas então disseram que seria pra ele escolher, como se eu não tivesse nenhuma ideia, e aí ele respondeu que me desenharia um Pégaso.
>
> Imaginou um Pégaso em mim, por que será? O que ele significa, liberdade? Asas para voar, força para me proteger? Cavalos são

fortes, têm muito equilíbrio, e já que o Pégaso – que eu nem sei se se escreve assim mesmo – tem asas para voar pra onde quiser, talvez isso resuma tudo em uma bela oração.

Ele me tatuar um Pégaso pode significar que ele me deseja força, equilíbrio e liberdade ao mesmo tempo. Ele me deu certa liberdade, e por mais que nessa festa todas as pessoas tenham dito demais sobre como ele já foi e como poderia voltar a ser possessivo, eu não acredito que isso algum dia vá acontecer.

É como eu já organizei em meus pensamentos antes: não foi como se ele tivesse colado em mim a festa inteira, eu até que fiquei bastante sozinha.

Uma das perguntas foi estranha, senti como se Malu me achasse bonita e quisesse ficar comigo.

Parei de ler. Eu poderia me lembrar do quanto aquele dia foi bom, eu poderia me lembrar de todos os avisos que eu tinha recebido, eu poderia morrer de raiva de mim mesma. Mas não... Foi outra coisa que me ocupou a cabeça, uma ideia, algo como... Um plano. De repente, me veio uma sombra de esperança: eu consegui mesmo imaginar um jeito de sair dali?

Na hora do almoço, Thomas comeu em cinco minutos e saiu. Depois que vim pra cá, é como se não fôssemos mais amigos, acho que ele não me considera mais uma amiga, e nem eu deveria.

De alguma forma ele é cúmplice.

Quando Jack já ia se levantar, eu segurei seu braço num impulso e ele olhou confuso pra mim:

– O que foi?

– Eu tenho uma coisa pra falar com você.

– O que é? – ele me perguntou se ajeitando na cadeira e olhando pra mim de uma forma doce.

– Você se lembra daquela festa do Malu, aquela que a Molly também foi... Quando... fizemos pela primeira vez? – comecei, devagar.

– Claro que me lembro – ele respondeu, sorrindo.

– Você se lembra que jogamos o jogo da verdade?

– Laura, eu não estava bêbado, eu me lembro daquela noite – Jack disse irritado, sem paciência.

– Você disse que me tatuaria um Pégaso – falei de uma vez. – Eu tenho um acordo pra fazer com você.

Jack me olhou sem nada dizer, então continuei.

– Vamos fazer assim: você me tatua um Pégaso, pode ocupar toda a parte das minhas costas, faça o melhor que puder – tomei fôlego. – Vai ser a maior prova de amor do mundo – demorei mais alguns segundos como se acreditasse na minha mentira. – E quando você terminar, você me deixa ir.

Ele continuou me encarando, analisando minha proposta.

– Eu não quero perder você – ele disse.

– Não vai. Vamos continuar nos vendo, mas eu quero ver outras pessoas também, quero ver a minha vida – respondi, tentando manter uma voz calma.

– Aquelas pessoas que você tanto quer ver te tiraram de mim, praticamente te roubaram de você mesma.

– É a minha proposta – eu disse, querendo dar um basta no assunto. – Você me tatua um Pégaso, e será a melhor e a mais linda tatuagem que esse mundo já viu.

– Feito – ele disse, por fim.

Parte de mim respirou aliviada, acreditando que ele tinha mesmo concordado, mas se ele vai cumprir a parte dele ou não, só o tempo vai dizer.

Durante os dias seguintes, eu quase não ficava sozinha. Ou melhor, Jack quase não saía de casa. Ele passava o dia inteiro debruçado em uma folha de papel, desenhando um Pégasus mais lindo que o outro, por vezes colocava o desenho em minhas costas para medir o tamanho, ou imaginar como ficaria.

Um dia, ele realmente tinha achado que estava perfeito e até transferiu o desenho para as minhas costas, daquele jeito que os tatuadores fazem, com um tal papel especial que não sei o nome.

Numa tarde, lá estava eu tomando meu milésimo copo d'água do dia, quando saí da cozinha e me encostei na porta para observar Jack. A folha de papel estava ali, podia ver alguns traços, mesmo que a luz do sol me impedisse de ver tudo. Jack estava debruçado sobre o desenho, as mãos sustentavam a cabeça, e ele parecia fazer uma prova muito difícil. Em intervalos longos, ele pegava a caneta e acrescentava alguma coisa.

De repente, me veio à cabeça um pensamento inusitado. Achei que não era justo. Não era justo Jack dar o melhor de si para um desenho que ia ser tatuado em mim, que levaria tempo para ser feito e que sairia de graça. (De graça, não... Acho que ser uma prisioneira sexual já paga bastante coisa.)

Eu deveria estar tatuando alguma coisa nele, deveria estar pelo menos fazendo um desenho. Eu sou péssima nisso, mas vale a pena tentar... Passei por ele, entrei no meu quarto, arranquei uma folha limpa de algum diário, peguei uma caneta e me sentei no chão, encostada à parede de frente para mesa em que Jack trabalhava. Desenhei a primeira coisa que me veio à cabeça:

Olhei para o coração, confusa, como se eu não o tivesse desenhado, como se na realidade ele tivesse surgido do nada. Não tem nada de mais desenhar um coração, geralmente é isso que as meninas fazem quando vão desenhar alguma coisa sem pensar. Isso ou algo que elas tenham prática, eu não tenho prática em nada. Geralmente é um coração ou uma estrela. Me lembro de algum dia alguém ter me dito a diferença do perfil de uma pessoa que desenha mais corações e o de outra, que desenha mais estrela. Eu não lembro bem qual é a diferença, mas me lembro de que a personalidade de quem desenha estrela tinha mais estilo, acho que mais autonomia.

Não sei...

Do desenho do coração, meus olhos foram parar nos de Jack, devo ter olhado para a imagem por muito tempo, pois seus olhos se levantaram do desenho e se encontraram com os meus. Naquele segundo, senti meu coração se contrair como se fosse a primeira vez que o via, como se nunca o tivesse visto nu ou vestido, dormindo ou acordando. Como se ele fosse o garoto que eu gostasse na escola e que tinha finalmente me visto, finalmente percebido que eu existia. De fato, Jack foi meu primeiro amor. Primeiro e único. Eu não gostei de outra pessoa, muito menos beijei alguém. Nem senti vontade de gostar ou de beijar. Bom, é, teve *aquele cara.* Mas ele que me beijou; não o contrário, então não conta.

Jack esboçou um sorriso pra mim, daquele tipo suave que não mostra os dentes. Eu continuei meio séria, como se estivesse com vergonha, minha boca estava entreaberta e não emitiu nenhuma palavra. Jack ainda sorriu, mexeu as sobrancelhas, formando uma expressão confusa, até inclinou a cabeça um pouco para o lado.

Então sorri pra ele.

Jack se levantou da cadeira e contornou a mesa, vindo em minha direção. Chegou bem perto. Olhei pra cima e me senti uma criança perto de um adulto muito alto.

– O que foi? – ele perguntou como se realmente falasse com uma criança. – O que você tá fazendo? Desenhando?

– Tentando – respondi. Essa única palavra soou como três gotas de orvalho que pingam de uma folha diretamente para um lago. TEN-TAN-DO.

Ele me estendeu a mão, e me levantei com sua ajuda. Então me beijou. Suas mãos percorreram minhas costas enquanto me traziam mais para si, e seu beijo se intensificava à medida que eu respondia. E respondi. É estranho, mas agora não quero pensar nisso.

No momento em que me beijou, eu já sabia que ele me levaria para a cama, e ele faria sexo comigo por mais de uma hora. Jack tirou minha blusa assim que entramos no quarto, depois beijou meus seios.

Diferente das outras vezes, dessa vez eu senti prazer. Senti prazer até me lembrar do que realmente estava acontecendo, e depois me senti idiota por ter desenhado aquele maldito coração.

Depois de algum tempo, minha cabeça começou a imaginar a minha futura tatuagem. Ela podia significar que eu sairia em breve da prisão de Jack. No máximo, em uma semana. Quer dizer, tatuagens ficam prontas logo, certo?

* * *

– É que nós... não fazemos nada demais juntos – ouvi a menina de maria-chiquinha longa e loira se queixar e continuar a falar da relação não muito emocionante com seu namorado ricaço.

A professora tinha me colocado num grupo com mais três meninas para fazer um trabalho, e aqui estamos nós, na biblioteca, debruçadas sobre uma cartolina gigante.

Já fazia um tempo que essa menina estava falando sobre seu namorado, as outras – creio que muito amigas dela – ficavam ouvindo, dando conselhos e a fazendo parecer a vítima da história. Eu estava ali com meus lápis de cor pintando o desenho que uma delas tinha feito.

– Qual é seu conceito de emocionante? – uma delas perguntou, a de cabelo preto.

– Ah, eu não sei... – a de maria-chiquinha respondeu. – Quem sabe, sei lá, fazer aquelas coisas num cinema...

– Mas vocês nem transaram ainda, transaram? – perguntou a de cabelo castanho.

– Não – a de maria-chiquinha respondeu, muito ríspida. – Isso seria emocionante. O que seria emocionante num relacionamento pra você, hein?

– Ah, não sei – a outra, uma das outras duas, deu de ombros.

Alguns segundos de silêncio pairaram no ar e então ouvi:

– Laura, o que é emocionante pra você em um relacionamento?

Estranhei a pergunta.

Ergui os olhos para as três meninas, elas olhavam ansiosas pra mim, eu tinha a resposta na ponta da língua, mas não sabia se deveria falar.

– Não sei – respondi, por fim – Não sei o que vocês consideram emocionante. Então algo emocionante pra mim pode não ser emocionante pra vocês.

Pelo olhar delas percebi que analisavam o que eu havia dito.

– Você é virgem? – a de cabelo castanho perguntou.

– Não – respondi, sorrindo um pouquinho.

– Hum, você sorriu! – a de cabelo preto se entusiasmou um pouco demais. – Como foi perder a virgindade?

– Foi numa banheira de um chalé – respondi, vagando em minhas lembranças. – Foi muito romântico.

– Foi com o garoto que você amava? – A de maria-chiquinha perguntou.

– Foi – respondi.

– Qual foi a coisa mais emocionante que vocês fizeram juntos? – ela perguntou, arregalando os olhos e mordendo os lábios, que formavam um sorriso muito ansioso.

– Ahn... Acho que a melhor descrição para essa coisa seria "louca" – dei uma risadinha. – Nós tatuamos alianças.

– Sério?! – As três me perguntaram ao mesmo tempo.

– Sim – respondi. – Ele tatuou em mim e eu tatuei nele – reparei que o olhar das três voaram para meus dedos, então me apressei. – Mas quase não aparece, fizemos com tinta branca. Meus pais não podiam saber...

Mostrei minha mão tatuada.

– Por que decidiram fazer isso? – perguntou a de cabelo preto. – Quer dizer, tatuagem branca não é meio sem graça?

– Estávamos fazendo um ano de namoro, ele era tatuador e queríamos algo simbólico, algo que nós carregássemos de uma forma aparente e invisível ao mesmo tempo – respondi, me voltando para o desenho. – Eu e ele sabíamos que as tatuagens estavam ali, ninguém mais precisava saber.

Depois de um momento, a de maria-chiquinha perguntou:

– Vocês não se veem mais, né?

– É... – respondi, tentando conter a tristeza na cor amarela que preenchia o desenho. Amarelo representa alegria, não é?

– É por isso que você é assim tão afastada de todo mundo?

Olhei para o desenho por longos segundos e então levantei os olhos para ela, respirando controlada:

– É. Mais ou menos.

– Você pode conversar com a gente – disse a de cabelo castanho, se ajeitando na cadeira. – Desabafe conosco.

– Não tenho muito o que dizer – menti com um sorriso. – Alguns relacionamentos não dão certo... Às vezes porque o casal não se dá ou, às vezes, porque pessoas fazem o casal se afastar.

A de maria-chiquinha abriu a boca para falar, mas sua imagem foi ficando distante... Distante... Até que abri os olhos.

Gemi, bocejei e voltei a fechar os olhos. Foi a primeira vez que tive a lembrança de um sonho tão nítida. Logo uma saudade estranha da escola me atingiu, verdade que não durou muito, mas também é verdade que não tenho motivos para odiar aquela escola de mauricinhos. Afinal, nenhum mauricinho mexia comigo.

– Bom dia – ouvi Jack sussurrar, numa voz um tanto solene.

– Bom dia – respondi, em meio a outro bocejo.

– Com o que estava sonhando? – ele perguntou.

– Foi um sonho-lembrança, você já teve um sonho-lembrança?

– Eu acho que não – ele estranhou a pergunta. – Geralmente não me lembro dos meus sonhos.

Olhei para Jack, a claridade vinha dos poucos raios de sol que conseguiam entrar pelos buraquinhos da janela. Eu estava acostumada a quase me esquecer de que não estava ali pela minha vontade. Às vezes, Jack e eu conversávamos como bons namorados e, nesses momentos, eu achava que tinha ficado completamente louca e que, em breve, aquela casa se tornaria algum tipo de manicômio.

Bocejei de novo.

– Bom, conta que lembrança foi – Jack pediu.

– Da escola – respondi com cuidado.

– Da nossa escola?

– Não, da escola que estudei quando "me mudei" – fiz o sinal das aspas. – Eu estava fazendo um trabalho na biblioteca com algumas meninas e falei pra elas da nossa loucura de tatuarmos alianças um no outro.

– Hum... – foi tudo que ele disse.

– O quê? – soltei uma risadinha. – Não é como se eu estivesse falando sobre um ex! – e eu nem tenho um ex pra falar sobre.

– É, sim, mais ou menos – ele respondeu, meio mal-humorado. – Queria que você se esquecesse totalmente daquela escola, daquela nova vida que você foi obrigada a ter.

– Bom, eu não posso – sentei na cama, abracei os joelhos e tornei a olhar pra ele – Se nem o coma apagou minha memória, acho que não há nada que o faça.

Jack ficou em silêncio por alguns segundos, depois tornou a falar:

– Bom, eu estava tentando evitar pedir isso pra você, mas será que você pode fazer uma coisa pra mim hoje?

– Claro – até porque eu não vou pra lugar nenhum.

– Será que você pode cuidar das minhas roupas hoje? Vai ser um dia ocupado, tenho que sair daqui a pouco, acho que só vamos nos ver à noite e eu... – ele pareceu meio envergonhado em dizer – meio que tô ficando sem nada limpo pra vestir.

– Tudo bem – respondi.

– Valeu – ele se ergueu um pouco e meu deu um breve beijo nos lábios, então saiu do quarto.

Esperei ficar sozinha e então fui até o banheiro de Jack, peguei seu cesto de roupa suja e depois apanhei outras que estavam no chão, separei só as calças jeans. Pensei em pegar as calças jeans de Thomas, mas bufando e cheia de orgulho pensei: ele que se foda.

Joguei as roupas na máquina e procurei alguma coisa pra fazer. Estava me sentindo muito cansada, mas tinha descoberto um passatempo legal: ler meus diários.

A máquina terminou – graças a Deus é uma daquelas mais antigas, que não demoram horas – e, como não tem varal, bom, tem um... armado numa cordinha, mas como eu queria terminar isso de uma vez, joguei as roupas na secadora e as calças jeans na máquina.

Isso é muito chato.

Chato demais.

Um tédio.

Mas fazer o quê, minha vida anda assim ultimamente. Estou quase perdendo a esperança de que Jack vá fazer minha tatuagem.

Resolvi ir ao quarto de Jack e, depois de abrir a janela, comecei a fuçar nos esboços da minha tatuagem de Pégaso. Estavam lindos mesmo, cada esboço era de um Pégaso maior, com as asas mais abertas, com mais detalhes. Se algum dia Jack cansar dessa vida de tatuar, ele, sem dúvida, vai poder trabalhar com arte, nem que seja pra virar professor. Bom, professor não, porque precisa ter diploma, e duvido que algum dia Jack tenha saco pra fazer uma faculdade, um curso ou sei lá o quê que seja necessário pra ser professor de artes – porque só saber desenhar como um Picasso é muito pouco.

Meus pensamentos se espalharam num caminho confuso quando tentei imaginar o que eu queria ser. Bom, não sei, estou há... Quanto tempo faz que eu tô presa aqui, mesmo? Será que já faz um ano ou apenas meses? Não... Acho que meses... Só sei que logo vou fazer 18 anos e perdi muito da escola. Maldita escola. Enfim, não sei o que quero fazer da minha vida.

Tá, tento supor que eu estou indo para a escola todos os dias, terminando o colegial, todos estão se preparando para uma maratona de vestibulares. O que eu quero fazer?

Branco...

É, nada me vem à cabeça.

Como minha cabeça não me ofereceu um futuro maravilhoso, voltei a me concentrar no presente, de volta a um cubículo do lado da cozinha que ouso chamar de lavandeira. Joguei as roupas secas num balde e voltei para o armário de Jack.

Não sei como ele organiza as roupas. Quando abri o armário, vi que ele estava praticamente vazio. Arrumei as camisetas nos cabides, imaginando que as duas primeiras gavetas serviam para guardar cuecas e meias.

Me ajoelhei no chão em frente ao armário e abri uma gaveta – completamente vazia – dei uma risadinha ao me lembrar de como costumava gostar das cuecas de Jack. Algumas eram tão engraçadas. As sambas-canção, por exemplo, têm um tipo abertura que, caso o pau fique duro, o cara não precisa tirar para transar. Elas são perfeitas para uma rapidinha. Dei uma risadinha cansada, mas logo minha cabeça voltou ao presente.

Eu sei que ele não dobra as cuecas nem junta as meias naquele tipo de rolinho, mas, como eu estou aqui sem nada pra fazer, começo a enrolar as meias e a guardá-las na gaveta, apertando-as no fundo para caberem direito. Depois, fiz a mesma coisa com as cuecas e, quando empurrei o fundo, senti alguma coisa estranha ali.

Como num impulso, abri a gaveta de meias e coloquei a mão no fundo. Em seguida, coloquei a mão no fundo da gaveta de cuecas. Engraçado... A gaveta de cuecas parece mais... alta.

Passei minha mão por debaixo da gaveta de meias e quando dei uns soquinhos por dentro pude sentir a vibração na minha outra mão, mas não consegui sentir com a gaveta de cuecas. Aliás, o barulho foi estranho, oco. Então tirei as cuecas de dentro e depois a gaveta.

Simplesmente a virei de cabeça para baixo.

Meus olhos se arregalaram quando bem na minha frente um fundo falso caiu no chão e, com ele, uma chave.

Meu susto passou, peguei a chave e corri direto para a porta. Ela entrou na fechadura. Por alguma razão inconsciente, achei melhor não destrancar a porta e sair correndo.

Voltei para o quarto e sentei de pernas cruzadas no mesmo lugar de antes. Brinquei com a chave nas mãos e com a mente vazia, sem saber o que fazer.

Corra, Laura, corra, é o que uma voz na minha cabeça diz. Mas, outra voz, mais solene e mais esperançosa, diz que eu não preciso fugir, porque Jack concordou em me libertar assim que terminar a tatuagem nas minhas costas. Talvez, depois que ele terminá-la, eu consiga torná-lo mais humano, e assim ele me deixará partir.

Passos subindo a escada me tiraram da espécie de transe em que eu estava, então guardei a chave de volta no fundo falso e joguei as cuecas ali dentro, fechei a gaveta com força e, para minha surpresa, vi que não foi Jack quem apareceu na porta, mas Thomas.

Thomas não disse nada... Só olhou pra mim e depois para a gaveta. Então ele sabia. Talvez tenha sido ele quem colocou a chave ali. Quem sabe.

Ele abriu a boca para falar, mas ouviu Jack abrindo a porta e saiu, no que me levantei depressa.

– Ei, moça – Jack sorriu pra mim, da porta. – O que está fazendo?

– Colocando suas roupas no armário – sorri de volta, meio sem jeito.

– Não precisa, deixa que eu faço isso. Nossa, tô com uma fome.

– Já é hora do almoço? – me espantei. – Deixa que eu faço alguma coisa rapidinho.

Passei por ele sem parar para beijá-lo e corri para a cozinha. Respirei fundo, não podia deixar transparecer o que eu tinha descoberto. Me dei alguns segundos para me tranquilizar e comecei a tirar ovos e outras coisas da geladeira – aproveitando que estava milagrosamente meio cheia.

Durante o almoço, eu, Jack e Thomas estávamos sentados à mesa. Jack estava tranquilo e elogiou a comida, mas percebi que Thomas tentava disfarçar a mesma tensão que eu.

– Ei, eu tava vendo os esboços do desenho – forcei um sorriso. – Quando você vai começar?

– Você gostou do último? – ele perguntou.

– Adorei – disse.

Assim, adorar eu não adorei, mas não estava feio. Como já disse antes, Jack é um artista.

– Então a gente faz amanhã – ele decidiu.

– Por que não hoje? – perguntei, ansiosa demais.

– Porque hoje estamos cheios de gente lá no estúdio – Thomas, milagrosamente, respondeu me olhando fundo nos olhos – Vamos ficar o *dia todo* lá. Sabe.

– Vamos fazer amanhã de tardezinha, quando a gente terminar com a clientela – Jack disse.

– Tudo bem – disse, sem jeito. Então me virei pra Jack. – Amanhã, então.

Thomas, como sempre, terminou de comer antes de todo mundo e saiu da mesa.

Quando eles saíram da casa de novo, me deixando sozinha, tentei ao máximo não pensar na chave. Terminei de lidar com a cozinha, com as roupas, até arrumei o "meu" guarda-roupa.

O que eu faço? Não tem como eu passar por ali sem chamar a atenção deles. Mas mesmo assim a ideia é apetitosa.

Resolvi que esperaria Jack terminar a tatuagem e, se ele não me deixasse ir embora, violando o acordo que fizemos, eu iria usar aquela chave.

Isso, isso mesmo.

Então a ideia da chave deu um tempo em minha cabeça e no lugar dela veio a preocupação com a tatuagem. Até o dia seguinte. Parecia uma criança, achando que o amanhã era muito, muito, muito distante, impossível, inalcançável, flutuava em outra dimensão.

– Muito bem, está pronta? – Jack perguntou.

– Estou – respondi, tentando parecer confiante.

Dentro de mim, uma Laura-líder-de-torcida gritava: Aí, mano! Tu nasceu pronta! *Vamo* lá, *vamo* logo com isso!

Eu estava naquela mesma cadeira inclinada, no estúdio – que estava fechado – sem blusa nem sutiã, deitada de costas em cima de uma toalha. Para minha surpresa, Thomas estava lá também.

– Aposto que você vai morrer de dor – Thomas zombou de mim, sendo um pé no saco como nos velhos tempos. – Nem vai suportar.

– Há, há! – entrei no clima. – Só assista. Nem você tem uma tatuagem tão grande, seu maricas!

Nos calamos quando ouvimos Jack rir.

– Não se mexa agora – Jack me disse. – Vou transferir o desenho pra sua pele.

– Deus do céu – Thomas continuou com sua implicância. – Olha só que pele mais branca! Aposto que a agulha vai rasgar toda a sua pele!

– Thomas – Jack olhou bravo pra ele. – Pare.

– Não, deixa ele falar – eu disse, com ar de superioridade. – Essa é a minha *terceira* tatuagem, quantas você tem, hein? Hein?

– Cinco – Thomas respondeu, sua superioridade venceu a minha.

– Mentiroso! – mandei de volta.

– Você nunca me viu nu – Thomas franziu os olhos pra mim.

– Chega, os dois – Jack falou, bem sério antes que eu pudesse responder. – Falando sério, Laura, você precisa tentar não se mexer!

– Tá, desculpa... – disse, então relaxei.

Senti Jack transferir o desenho para minhas costas e um frio subiu por todo meu interior.

– Ah, putz... – Jack disse, depois. – Já volto – Lançou um olhar firme para Thomas e então subiu as escadas.

Quando ouvimos a porta de cima bater, Thomas sussurrou pra mim:

– Posso saber o que você ainda está fazendo aqui?! Virou suicida?!

– Eu quero honrar o meu acordo com Jack – respondi, sussurrante e convicta. – Que o errado seja ele!

– Ah, nem vem que o erro foi seu desde o começo.

– Se você não fosse tão chato e não tivesse insistido tanto em me dizer que alguma coisa estava errada com Jack talvez parecesse verdade!

– Mas quê?!

Então ficamos em silêncio.

– Não queria que essa nossa implicância mútua fosse um teatrinho... – deixei escapar, triste.

– Nem eu – Thomas respondeu. – Se bem que eu acho mesmo que sua pele vai se rasgar toda, você já reparou o quanto emagreceu?

– Seu idiota – resmunguei. Afinal você também nunca viu meu corpo nu. Não completamente, pelo menos.

Foi quando Jack voltou. Respirei fundo me preparando para o que viria a seguir.

– Você quer colorido, certo? – Ele me perguntou.

– Sim!

– Então vou fazer só o contorno e colorimos depois, pode ser?

Se pode ser? Como é que eu vou saber? O tatuador aqui é você, cara.

– Ah, não! – respondi. – Faz tudo hoje.

– Não dá, é muito grande, vai levar muito tempo e você vai ficar toda dolorida – ele respondeu com uma risadinha.

– Vai nada – Thomas se intrometeu. – Como ela bem disse, já é a *terceira* tatuagem dela, ela já tá mais que habituada.

– Na flor, você não deu um tempo pra pintar – Eu disse, querendo reforçar o que Thomas tinha dito.

– Escutem aqui os dois – Jack falou, parte achando graça, parte achando sério. – O tatuador aqui sou eu, eu que mando, e se eu acho que é melhor colorir depois, então vamos colorir depois.

Vencidos, eu e Thomas nos calamos.

É meio difícil descrever a sensação de uma tatuagem sendo feita em você. A sensação é mais de incômodo que de dor propriamente dita. Meio que tomei um choquinho quando começou, porque, diferente do que Thomas disse, eu não estou assim tão habituada. Mas depois passa, o corpo se acostuma rapidinho. É como fazer acupuntura, quando enfiam na sua pele aquelas coisinhas que ficam tipo emanando um tipo de choquinho.

Sabe que eu fiquei desconcertada uma vez que assisti a um programa sobre tatuagens e vi o cara tatuando uma fênix imensa em outro cara; durante o processo, os dois conversavam numa boa. Fiquei chocada! Quer dizer, o tatuador não tem que se concentrar pra caramba para não errar? E o outro cara, ele não tem que se concentrar pra caramba pra tentar não sentir dor? Um vez eu li num livrinho da escola que os caras sentem mais dor do que as mulheres ao fazer esse tipo de coisa. Mesmo que dissessem que o tatuador conversava com o cara para distraí-lo e então não sentir dor, eu ainda não tinha ficado totalmente convencida.

Enquanto Jack contornava o desenho nas minhas costas, os dois irmãos começaram a conversar. No começo fiquei tensa, mas tentei relaxar. Jack não é nenhum inexperiente. Aos poucos até eu entrei na conversa, retomando o assunto das tatuagens de Thomas.

Ele voltou a dizer que eu nunca tinha visto seu corpo nu.

– Quer parar de fazer minha namorada imaginar seu corpo nu? – Jack perguntou, tirando sarro, mas sabíamos que parte daquilo não era brincadeira.

– Eu não preciso imaginar – respondi, faceira. – Eu pergunto pra Molly! Háàá!

– Ô, dó – Thomas respondeu, sem fazer piada à minha condição de não ter como perguntar pra ela. – Nem ela sabe.

– Ah, não? – Eu e Jack perguntamos ao mesmo tempo, mas eu continuei. – Não creio.

– É verdade – Thomas arqueou as sobrancelhas. – Coitada dela, nunca vai saber o que é sexo de verdade.

– Sexo de verdade é aquele que fazemos com quem a gente gosta – respondi, me achando a cheia de experiência.

– Mas eu gostava mesmo dela!

– Mas ela não gostava mesmo de você, então não conta.

Se a porta estilo garagem do estúdio não estivesse trancada a sete chaves, era provável que eu tivesse me esquecido da minha situação.

– Pronto, fofa – Jack disse, tirando o... o... o... o excesso!

– Posso me levantar pra ver? – perguntei.

– Pode – Thomas abriu um sorriso de orelha a orelha.

Só então que me dei conta.

– Jack, manda seu irmão sumir! – fingi, como já tinha fingido antigamente, ser criança que diz “briga com ele, tio!”.

Thomas riu e saiu dali. Andei até o espelho do estúdio e com a ajuda de Jack, que segurava outro espelho, consegui ver.

Só havia mesmo o contorno e minha pele estava avermelhada. A tatuagem, por causa disso, parecida meio manchada. Mas ainda assim gostei do desenho. Como se eu tivesse escolhido, pedido e pagado por isso.

– Vai dar pra você ver melhor depois – Jack colocou o espelho no chão, me virou para ele e me beijou na testa. – Doeu muito?

– Claro que não – respondi, sorrindo. – Eu sou muito forte!

– Parece como nos velhos tempos, não é?

Quando ele disse isso, uma sombra peculiar, com um toque de brilho, tomou conta de seus olhos. E uma vibração diferente subiu no meu espírito.

Jack dizer que aquele momento parecia com os velhos tempos me fez pensar em quão grande era a sua consciência do que fazia, do que ele pensava fazer, do quanto ele se dava conta do que estava acontecendo.

– Jack, eu... – comecei, prestes a dizer algo que nunca tinha imaginado até então. – Desculpa se eu te fiz sentir como se precisasse me prender para que eu ficasse ao seu lado.

Jack me olhou com certa ternura.

– Está sendo um pesadelo terrível para você?

– Não – respondi, eu que não vou estragar esse momento contando o quanto ainda me sinto mal muitas vezes e, em outras, me sinto louca por aceitar e participar disso tudo. – Mas, voltando ao que eu te falei, você me desculpa?

– Não é culpa sua – ele respondeu muito, muito, sem-graça – Eu que sou muito inseguro, eu acho que... eu acho que não sou muito normal.

– Como assim? – perguntei, motivando-o a falar.

– Não quero falar sobre isso – Jack respondeu com cara de dor. – Tá?

– Tá bom, claro – concordei.

Então me beijou.

Para mim aquele foi um passo alcançado. Por isso não me arrependi de não ter fugido com aquela chave.

– Vai na frente – ele disse, sorrindo pra mim. – Quero ver você subindo as escadas.

Eu ri estranhando, mas concordei.

Assim que subimos, Thomas passou por nós e saiu. Jack me agarrou nos cabelos e me trouxe tão pra perto que podíamos nos unir a um corpo só.

Quando caímos na cama, estava chovendo. Uma tempestade vinha vindo, e não sei qual delas seria mais forte... A que estava lá fora ou a que previa cair em meu coração. O quarto estava um breu. Jack me colocou de bruços e segurou firme os meus pulsos enquanto deitava sobre mim, senti seu sexo roçando em meu corpo, procurando um caminho, brincando como um gato antes de atacar sua presa de vez.

– Acho que eu quero tentar uma coisa nova hoje – ele sussurrou em meu ouvido.

Gelei.

– Acho melhor não – respondi, tentando encarar como uma brincadeira.

– Só um pouquinho – ele insistiu, amolecendo as mãos. – Agora eu estou tão perto de te perder que quero tentar pelo menos uma vez.

Dentre todas as reações que eu poderia ter, fiquei magoada.

E com raiva.

Puxei meu pulso de sua mão e me virei como podia, usando a minha mão livre para empurrá-lo no peito para longe:

– O que está falando?! – explodi, muito brava.

Jack me olhou de uma forma como se estranhasse demais a minha reação, então acendeu a luz – a claridade amarela inundou o quarto de uma forma que protegi meus olhos com a mão durante alguns segundos – e sentou-se comigo na cama:

– Não tente me enganar – ele me disse, brusco. – Se eu te deixar sair, você vai embora, você não vai ficar comigo.

– Eu não quero te abandonar! – gritei pra ele, quase chorando. – Mas você me faz querer estar longe!

– Eu sei disso – ele respondeu, em tom sarcástico. – Por que você acha que eu te mantenho aqui? Se você não estivesse rodeada de pessoas tão determinadas a te deixarem longe de mim, isso não faria sentido.

Respirei fundo. Não posso discutir com ele, não se discute com quem não tem a mentalidade sã, ele é forte demais pra mim e não quero me machucar. Não quero deixar as coisas piores do que estão.

– Eu disse que a gente continuaria se vendo, por que não está acreditando em mim?

Notei a expressão de Jack se modificando, como se estivesse prestes a chorar:

– Porque... O mundo está cheio de pessoas que não são como eu. Que não têm o meu problema. Que não têm essa insegurança, essa brutalidade, essa... coisa. Por que você ficaria comigo? – sua voz agora estava baixa e triste, magoada. – Com tantos outros caras... Caras estudados, com grana, inteligentes... Caras que os amigos não pensam em afastar de suas próprias namoradas.

Então ele sabe, ele sabe que tem um problema. Como para ele isso parece difícil de dizer, como parece cortar seu coração, sua alma e toda a sua sanidade – ou o que sobrou dela.

Fechei os olhos por alguns segundos e uma lágrima escorreu.

– Eu sou capaz de te amar... Pra sempre – ele continuou. – Mas não sou capaz de te fazer me amar.

Abri os olhos para Jack e ele estava de cabeça baixa. Perguntaria se ele preferia ficar em silêncio, mas não precisei. Saí da cama em passos tristes e curtos, me arrastando pra fora, como se fosse um zumbi ou flutuasse como um fantasma. Arrastei uma cadeira para perto da janela e ali fiquei observando os pingos de chuva que batiam com força contra o vidro.

Tudo está confuso. Eu também... não aprendo. Não posso participar das ideias de Jack sabendo que ele não é mais o mesmo. Mas... Eu queria... Queria tanto, mas tanto, que ele ainda fosse o mesmo.

De novo me odiei por chorar, por sofrer e me dei conta de que algumas pessoas são sequestradas de verdade e sofrem muito mais, são torturadas, perdem partes do corpo, passam mais fome que eu, não têm como tomar banho, eu não... Sua estúpida, Laura, não chore. Seja forte. Jack não gosta de você de uma forma saudável, mas você não pode mudar isso.

Ouvi os passos de Jack saindo do quarto, mas não me virei, ouvi a porta abrindo e Thomas voltando, mas não quis ver.

– O que aconteceu? – Thomas perguntou, em voz baixa. – O que foi?

– Nada, cara... – Jack respondeu. – A gente só meio que discutiu.

Thomas diminuiu ainda mais o tom de voz, mas consegui ouvir:

– Cara... – começou, tomando muito cuidado com as palavras. – Isso tá valendo a pena?

Ouvi o barulho do corpo de Thomas sendo empurrado contra a parede e me virei assustada. Jack segurava Thomas contra a parede e, sendo Jack consideravelmente maior que Thomas, este estava sendo sufocado e seus pés quase não encostavam no chão.

– Não é você quem decide isso – Jack cuspiu em Thomas, bufando como um animal.

Então o largou e deu alguns passos pra longe. E Thomas se mostrou mais idiota que eu.

– Falando sério... – Thomas continuou, tentando falar com um tom de voz compreensivo.

Mas não conseguiu terminar sua frase. Quando avançou um passo para perto de Jack, ele o atingiu com um soco no rosto. Um soco que fez Thomas cair do chão.

– Jack, pare! – gritei assustada.

Jack então olhou para mim com os olhos tão arregalados quantos os meus. Nunca vi os dois brigarem dessa forma, nunca imaginei que brigassem dessa forma. Então, como se Jack tivesse retomado a consciência, lágrimas escorreram pelo seu rosto, e ele caiu sentado no chão, apoiado na parede.

A imagem daquele gigante chorando me cortou o coração. No fim, quem ele era? A Fera? O príncipe? A vítima? Me aproximei cuidadosa para perto dos dois e me sentei no chão tentando não fazer nenhum barulho. De joelhos, engatinhei para perto de Thomas e assim que o toquei, ele sentou no chão. Seu rosto estava vermelho e ferido, seu olhar estava perdido, ele não parecia saber se chorava, se tentava se esconder, se levantava ou se se trancava no quarto.

Então se aproximou de Jack como se eu não estivesse ali, apoiou as mãos cheias de força nos ombros do irmão e disse muito sério:

– Você é melhor que *ele*.

Eu não entendi. Melhor que quem?

Jack – que até então escondia o rosto atrás dos joelhos – olhou para Thomas, respirou fundo e falou:

– Desculpa, mano.

– Não tem problema – Thomas respondeu. – Você devia dormir um pouco.

Thomas se levantou e ajudou Jack a se erguer. Me afastei, ainda no chão, para que Thomas pudesse ir para seu quarto. Então Jack olhou para mim, estendeu a mão – que eu aceitei.

– De quem Thomas estava falando? – perguntei, com cuidado.

– Deixa pra lá... – Jack respondeu.

Soltou minha mão e caminhou para o quarto, eu não soube se ia atrás ou não, mas talvez por instinto, quando me vi já estava ali na porta.

– Você quer que eu durma com você hoje? – perguntei.

Jack respirou fundo e então sorriu:

– Claro, venha.

Me deitei no peito de Jack e ele me abraçou forte, mas logo seus braços amaciaram e sua respiração ficou mais pesada. O gigante estava dormindo.

No dia seguinte parecia que a noite passada havia sido apenas um sonho.

Foram só alguns minutos depois de acordar que me dei conta: ele terminaria a tatuagem! E... Ele me deixaria ir, certo?

Não... Nada certo... Thomas não desceu para o estúdio – mesmo sem tê-lo visto muito durante o dia, acho que ele voltou a ser o Thomas distante que estava sendo, aquele Thomas que fingia que eu não existia – e por isso tudo ficou complicado para Jack no estúdio.

Isso me deixou superirritada. O.k., aborrecida.

– Amanhã fazemos o resto, tudo bem? – Jack me perguntou na hora do almoço.

Eu tinha feito macarrão, pra variar.

– Você consegue terminar amanhã? – perguntei. – Terminar de vez?

– Claro que consigo. Bom, depende, se você não passar muita dor e não quiser parar...

– Não vou – respondi, firmemente. – Então você vai me deixar ir embora?

– Vamos falar sobre isso amanhã, tá? – foi só o que ele falou, como se eu fosse uma criança. E se levantou.

Que raiva.

De todos, acho que hoje foi o dia *mais* chato.

Se pelo menos Thomas saísse do quarto pra conversar um pouco comigo, mas, não, ele tem que ficar lá como se fosse um emo.

Ninguém precisa me contar que isso é um sonho.

Estou completamente sem roupa, Jack está me beijando como se se alimentasse de mim. Estamos na cama do chalé onde foi a festa de Malu, e está escuro, mas não um escuro sombrio, um escuro noturno, e a luz da lua invadia o chalé atravessando o vidro da janela.

Meus gemidos e suspiros são reais. Jack, por cima de mim, não está com nenhuma pressa de colocar. Beija meus lábios, meu rosto, meu pescoço, meus seios, minha barriga e ainda desce devagar. A apressada ali sou eu. Eu trouxe seu rosto com as mãos de volta para meus lábios, com ferocidade.

Então ele coloca.

Estou tão apertada como se estivesse perdendo a minha virgindade, a sensação de ele entrar em mim é a de mil fogos de artifício explodindo de uma só vez. Sinto o suor se formar em minha testa, eu respiro rápido e Jack também, mas minha respiração e sons são mais altos. Cruzo minhas pernas na cintura de Jack e ele então passa as mãos na minha coxa.

Não é apenas ele quem faz, fazemos juntos.

Trocamos de posição. Agora meus joelhos e minhas mãos estão apoiados na cama, Jack me acaricia com carinho e admiração nos quadris e no caminho até as coxas, então segura firme minha cintura – da maneira que eu gosto – e me puxa para si de uma vez.

Meus braços suportam ficar esticados no primeiro momento, mas depois não. Eu me deito e me empino ao máximo enquanto ele faz rápido, com força e com muita fome.

Trocamos de posição mais uma vez, ele deita e eu passo as pernas por cima dele. Ele admira meus cabelos balançando e cobrindo meus seios, mas os afasta um tanto, meu ritmo é mais lento que o dele, menos feroz, mais sedutor. Ele então passa as mãos nas minhas costas e me faz inclinar para ele. Meus seios preenchem sua boca – por que no sonho eles parecem maiores? – e então, mesmo comigo por cima, é ele quem faz.

Gozamos juntos.

Ele sorri pra mim, mas sua voz sai menos macia do que deveria:

– Nossa, está sonhando com o quê?

Abro os olhos e vejo Jack, sentado ao meu lado, dando risadas. Então olho para mim. Estou deitada, espalhada na cama e de barriga para cima. De alguma forma arranquei as roupas que vestia e, quando toquei lá embaixo, me senti muito molhada, praticamente transbordando.

– Espero que pelo menos tenha sido comigo – ele continuou rindo, zombando de mim. – Talvez até Thomas tenha ouvido seus gemidos.

Eu não disse nada – o que poderia dizer? Sentei na cama, envergonhada e puxando as cobertas.

– Ah não... – ele se aproximou mais e beijou meu pescoço. – Agora eu quero fazer... Fiquei morrendo de tesão enquanto você gemia, se contorcia e tinha o maior sexo-sonho da sua vida.

Suspirei, sorrindo boba com a lembrança do sonho.

Virei meu rosto e beijei Jack, me deitando e deixando que ele viesse para cima de mim. Eu já estava tão molhada – e ele duro – que não foi preciso nenhum estímulo.

Estranhamente eu estou cansada, como se realmente tivesse gozado. Deixei Jack ir e vir dentro de mim, mas estava tão satisfeita que nada senti. Pensando nisso, uma dúvida sobre orgasmo me veio à cabeça. Mas não quero pensar nisso agora...

Eu sempre pensava em outras coisas enquanto Jack vinha pra cima de mim. Agora fecho os olhos e deixo que ele se divirta.

– Ei – ele diz. – Como estávamos fazendo?

– Bem assim – respondi com um sorriso bobo e preguiçoso, ainda de olhos fechados. Coloquei minhas pernas em volta da cintura dele, ou pelo menos tentei. – Assim...

– Humm – ele gemeu.

Eu sei que sua posição preferida é a de bruços, tanto quanto a minha é aquela em que a mulher fica de quatro – não sei por que, mas já li vários depoimentos de garotas que afirmam que a melhor posição é a de quatro, talvez seja porque o caminho que "ele" faz esbarra em mais coisas, cutuca um tipo de borda, sei lá.

Dá muito trabalho pensar em outras coisas enquanto transo. E estou tão mole que Jack vai acabar percebendo.

Ele não teve muita paciência de ficar nessa posição, feroz como no sonho, me colocou de quatro e meteu tão forte que logo gozou. Jogando toda a porra dentro de mim. Humm...

Bocejei.

Então ele se deitou ao meu lado. Virei de costas pra ele e me ajeitei para dormir mais algumas horas.

– Nossa, mas alguém aqui está com sono hoje... – ele disse, acariciando meu ombro e meu braço com a ponta dos dedos. – Acho que vou mudar a minha ideia de terminar seu Pégaso logo de manhã e deixar para a noitinha...

Então abri os olhos.

– Você vai terminar agora?! – perguntei entusiasmada.

– Estava querendo – Jack respondeu. – Estou curioso para ver a tatuagem pronta e ver se vai ficar realmente digna de uma prova de amor.

– Já está digna de uma prova de amor, seu bobo.

Vesti minhas roupas num piscar de olhos e comecei a apressar Jack para que ele se levantasse de uma vez.

– Resolvi te dar um voto de confiança, e vou pedir para Thomas abrir o estúdio assim que eu começar a fazer em você.

– Ah é? – Fiquei meio confusa, mas feliz. – Legal!

Esses dias de lua vão me deixar pirada.

Descemos para o estúdio ainda fechado e foi só depois que eu me deitei de bruços naquela mesma cadeira de sempre que ouvi, nas minhas costas, o som da porta estilo porta de garagem se levantar e se abrir.

Thomas sentou na minha frente, como de costume, mas não demorou para pessoas começarem a entrar, então ele não ficou mais ali com a gente.

Até senti falta do pé no saco, do "apoio moral" dele.

– Pronta? – perguntou Jack. – Vou começar.

– Nasci pronta – respondi, então fechei os olhos.

O choquinho inicial nem me assustou, ele já era esperado. Senti a ponta da agulha preencher espaços vazios nas minhas costas, várias e várias vezes senti o pano de tirar o excesso de tinta e sangue ser passado na minha pele, e apertava meus olhos nessa hora – eu tinha medo que algum desastre acontecesse e a tatuagem ficasse borrada por causa do pano. Mas sei que é impossível.

Estou com um estranho bom humor essa manhã, será que foi por causa do sonho? Ou será que foi pelas atitudes positivas tomadas por Jack ao pretender terminar minha tatuagem logo de manhã e ainda abrir a porta do estúdio?

Logo várias pessoas começaram a se aproximar de mim, pois comecei a ouvir:

– Nossa, que maneiro!

– Jack, você que fez o desenho ou foi o Thomas? – eles realmente têm uma sintonia impressionante quando se trata de tatuagens, um capaz de completar a obra do outro.

– Caramba! Deve custar uma fortuna!

– Que linda! Quero uma igual! Você consegue fazer uma em mim, *Thomas*? Hein, hein, hein?

– Eu não.

– Ah...

Infelizmente não reconheci nenhuma voz. Aliás, muito estranho que ninguém conhecido tivesse aparecido.

Os comentários cessaram.

Jack levou muito tempo para pintar, eu queria abrir os olhos, mas não me permitia. Às vezes ele demorava alguns segundos para voltar para minha pele, e imagino que esses segundos fossem o tempo que se leva para trocar de tinta, ou, não sei... Eu costumava imaginar a prancheta de tinta de um tatuador parecida com uma paleta de aquarela, mas já descobri que as tintas ficam em potinhos – como se fossem guaches.

Então dei graças a Deus por nem Thomas nem Jack poderem ler meus pensamentos e minhas comparações idiotas.

Mais pessoas apareceram e começaram a manifestar novas exclamações.

– Ai, ui!

– Nossa, tá doendo muito?

– Mas que doida!

Graças a Deus que Jack interveio dizendo:

– Pessoal, ela já tá bem nervosa. Não "ajudem".

– Ah, foi mal Jack – disse a voz desconhecida.

– Está tudo bem, amor? – ele perguntou.

– Está – minto. Na verdade está doendo muito.

Mas que filha da puta delicada que eu sou! Não era pra estar doendo, é a terceira vez que eu estou fazendo uma tatuagem!

Eu sei que não é o físico que me dói, por mais que eu tente fazer piadas... É meu interior que está sendo machucado, é meu coração, meu pulmão e minha consciência que estão recebendo agulhadas.

À medida que Jack ia pintando, sentia que era o meu coração a parte que se preenchia de cor, mas não uma cor boa. Uma cor artificial. Venenosa. Assim como é uma tinta de tatuagem. Era como se pontadas de dor me alfinetassem, dentro de mim, em meus músculos.

Não devia ter começado a pensar nisso. Não devia ter deixado minha consciência triunfar, devia ter continuado a me enganar, imaginando as ferramentas de um tatuador e prestado atenção nos comentários dos estranhos.

Mas era tarde demais. Uma melancolia profunda começou a tomar conta de mim.

Jack finalmente parou e passou pela última vez aquele tecido.

– Continue de olhos fechados – ele disse, e senti que amarrava a minha blusa nas costas. – Vou te levar para mostrar lá em cima, como você não vai ficar no sol não precisa colocar a gaze nas costas.

Levantei bambeando, Jack tampou meus olhos e assim continuamos até subir as escadas, então ele me deixou livre para enxergar.

Fui até o espelho do armarinho – já que o espelho do meu quarto havia sido quebrado e até agora os pedaços que restaram nele não tinham sido removidos – do banheiro e, de novo, com a ajuda de Jack, consegui ver a tatuagem.

Como antes, estava meio avermelhada por ter acabado de ser feita naquele minuto.

Virei para Jack e encenei meu mais perfeito sorriso:

– Obrigada, amor! – achei que devia devolver o amor, já que ele me chamou de amor naquela hora. – Está maravilhosa!

– Que bom – ele deu um beijo rápido nos lábios – Vou voltar lá, tá?

E saiu do quarto, batendo a porta, passando a chave e me deixando ali sozinha. E não sei quanto tempo fiquei ali, parada, antes de resolver me mexer. Minha melancolia continuava correndo em minhas veias... Como sangue.

A água fria do chuveiro me atingia como agulhas de gelo.

Eu sabia que não adiantava chorar, me punir, esfregar meu corpo até a morte. Nada mudaria minha situação.

O banho é um bom momento para pensar em todas as coisas estúpidas que fizemos, que dizemos ou nos crimes que cometemos pensando em boas intenções. Às vezes esses crimes não causam pesares a mais ninguém senão a nós mesmos. E não adianta chorar, o tempo vai passar e as punições começarão a chegar. Aí, sim, enxergaremos quantas vezes podíamos ter evitado tais crimes.

Quantos crimes eu cometi contra mim mesma?

Minha cabeça está na festa de aniversário de Malu, quando tentaram me avisar que Jack não era um cara normal. Quando ele mesmo me disse que já teve problemas psicológicos e que podia se tornar muito possessivo e fora de controle.

E o que eu fiz? Eu não fiz nada. Eu continuei com ele porque não entrava na minha estúpida cabeça que ele faria algo contra mim. Porque eu achei que proporcionaria a Jack tanta felicidade que ele nunca sairia do controle, nunca me machucaria ou faria mal a ele mesmo. Por que as pessoas têm sede de ser importantes na vida dos outros? Eu não sou diferente dessas pessoas. Eu não sou diferente de ninguém.

Mas o que aconteceu? Aconteceu de eu reagir de uma forma estúpida em outra festa, ser atingida por um carro e simplesmente ficar em coma. Ainda não entendi bem como isso aconteceu, meu organismo estava assim tão fraco? Não tem nada a ver? Não importa? Se eu tivesse apenas levantado e andado, sem nenhum machucado, eu teria pedido desculpa ao motorista, corrido até Jack e contado a ele tudo que aconteceu. Mas, não, as coisas não acontecem da forma que a gente quer.

Eu entrei em coma, minha família se livrou da antiga Laura e me levou para uma cidade, sem avisar o Jack ou qualquer pessoa... Então eu comecei a viver de novo... E eu sentia falta de Jack, mas de repente eu estava bem.

Eu quero acreditar que sempre existe algo pior para acontecer. Quando eu sofria *bullying* na escola, eu sabia que tinha gente que sofria muito mais que eu. Eu quero acreditar que existem pessoas que foram sequestradas e que estão tendo muito mais perdas do que eu.

Existem pessoas que são sequestradas e que perdem toda a infância, a adolescência, a inocência, todo o período de boas experiências. Imaginando isso, eu quase me odeio por estar num lugar onde eu possa tomar banho, mesmo que me sinta vítima de um sequestro.

Jack me tirou da minha família, da vida que eu estava começando a me acostumar e me trouxe pra um lugar onde a Laura de anos atrás gostava. Mas o que me dói mais é saber o que Jack pensa. Que, fazendo isso, ele está me ajudando. Que está fazendo isso para o nosso bem.

Ele pensa que a tatuagem que demorou tanto pra ficar pronta é uma prova de amor. Mas não é. Posso não ter levado porrada, posso não ter sido mutilada (não é como se eu tivesse perdido um dedo, uma orelha ou uma perna). Mas isso não faz diferença. Essa tatuagem, que ele desenhou tantas vezes e fez com tanto capricho, o Pégasus mais lindo que já vi, essa tatuagem... nunca vai sair de mim.

Pra mim, a fina agulha era como uma espada que foi enfiada e depois contorcida em meu corpo, espalhando um veneno que me marcaria para sempre. Sinto como se a antiga Laura tivesse morrido, e a futura Laura também. A antiga Laura morreu porque o Jack que ela namorou se tornou um cara irreconhecível, escondendo sua condição mental. Jack se escondeu de mim e, agora, todos os momentos que vivemos parecem apenas ilusão. E a futura porque... Bom, porque ela terá que lidar com um trauma. E com outra coisa que suspeito, mas que não tenho certeza.

Nesse mês não desceu pra mim.

Jack e eu fizemos um acordo, combinamos que ele tatuaria as minhas costas e que eu aceitaria isso como uma incrível prova de amor, mas ele teria que me libertar. Eu disse que podíamos continuar nos falando, mas eu ia voltar a morar com a minha família e ele não ia me impedir.

Na hora, ele pareceu entender o tempo que já tinha tomado da minha vida, mas agora eu não tenho certeza se ele ainda se lembra, se ele ainda entende. Eu não sei o que passa pela cabeça dele.

Se outra vida estiver vindo, não posso mais arriscar ficar aqui. Se não é para se importar comigo nem com Jack, talvez exista outra pessoa que só possa contar comigo.

Respirei fundo e desliguei a torneira do chuveiro. Eu sabia onde ele guardava a chave. Por que eu não a usei pra escapar quando eu tive chance? Porque mais uma vez eu quis tentar fazer a diferença. Pessoas como eu, que não têm nenhum preparo para lidar com outras pessoas, não conquistam feitos tão grandes como curar um doente mental.

Eu nunca deveria ter achado que podia. Mas não importa. Eu estou saindo agora.

Embrulhada na toalha, apenas joguei um vestido velho por cima do corpo.

– Jack? Thomas? – chamei, para ter certeza de que estava sozinha.

Não obtive resposta, andei com passos cuidadosos pela casa, o chão de madeira rangia, mas ninguém podia ouvi-lo além de mim.

Estava sozinha.

Corri para o quarto de Jack, acendi a luz e vasculhei seu armário com desespero. Abri a gaveta, tirei de lá todas as roupas que encontrei como se tirasse terra de cima de alguém que havia sido enterrado vivo. Aquele alguém era eu.

Puxei o fundo falso da gaveta e me choquei quando encontrei... Nada. A chave não estava mais no mesmo lugar. Eu sabia que essa era uma cópia e que ele guardava ela ali. Bem ali! Onde estava essa maldita chave? Onde estava a chave para minha liberdade?

Levantei enfurecida e levei as mãos à cabeça, puxei meus cabelos, minhas pernas começaram a tremer. Fiquei com tanta raiva que peguei o primeiro objeto que vi e o atirei contra o guarda-roupa aberto.

* * *

O barulho fez algo parecido com um "poc".

Um barulho oco. Como se tivesse alguma coisa na parede, mas o armário era embutido. Não era?

Andei com cuidado até ele como se estivesse prestes a encontrar um monstro. Bati com a mão e a madeira meio que cedeu. Bati de novo com mais força e ouvi o barulho de alguma coisa caindo.

Ali também havia um fundo falso?

Eu não sabia quanto tempo tinha até eles voltarem, então vasculhei com a mão alguma coisa que serviria para abrir a tampa. Tirei as roupas de Jack e as coloquei no chão com delicadeza. Procurei no espaço entre cada estante do armário qualquer coisa que me dissesse que, sim, que tinha algo ali, que eu não estava ficando louca e que eu podia enfim ter esperança.

Passei levemente meus dedos sobre as dobras da madeira, até que encontrei algo parecido com uma argola, algo que parecia servir para enroscar o dedo e... Não sei, devia puxar? Quando puxei, metade do pedaço de madeira se ergueu, e eu o arrastei como se fosse uma porta de correr.

Não havia muitas coisas, a chave da minha antiga casa, um objeto que parecia servir para moer qualquer coisa, talvez maconha, e um aparelhinho preto cuja utilidade não me foi familiar.

Mas então pude ver com clareza: era meu antigo celular.

Aquele aparelho velho era o primeiro aparelho de comunicação que eu via desde que Jack tinha me sequestrado. Afinal, a casa não tinha computador ou telefone. Talvez até tivesse, mas no estúdio.

Coloquei as roupas de Jack de volta no lugar com pressa e fui correndo para o "meu quarto". E, quando me tranquei no banheiro, pude ouvir os passos de Jack na escada em direção à porta. Liguei o chuveiro para que fizesse barulho.

Fechei o box e me sentei no chão segurando o celular. Apertei com veemência o botão que o ligaria, rezando para que tivesse o mínimo de bateria que fosse. Lágrimas brotaram em meus olhos quando senti a vibração que ele fazia quando ligava.

Ainda tinham três pauzinhos de bateria. Disquei alguns números para saber se eu ainda tinha créditos e vi que tinha quase nada. Não sabia direito se tinham validade, mas eu tentaria usar. Parece que Jack não o ligou desde que eu fui embora.

– Laura? – ouvi-o chamar.

Desliguei o chuveiro.

– Oi?

– Sua toalha tá aqui em cima da cama. E tá molhada. Você tá tomando dois banhos? – sua voz soou desconfiada.

Gelei. Meus pensamentos procuraram rápido uma desculpa que não parecesse tão esfarrapada.

– É que faltava tirar o hidratante do meu cabelo – gritei enquanto procurava um lugar para esconder o celular. – Coisa de mulher – tentei rir. – Afinal foi você quem quis que eu pintasse o cabelo, né, não posso deixar ele ficar ressecado.

Ouvi a risada de Jack e seus passos, abri a porta de leve e vi que ele tinha saído de meu quarto. Caramba, nem dentro de mim esse celular estaria seguro, onde eu ia guardá-lo?

Optei por escondê-lo dentro da fronha do travesseiro e saí do quarto, como se nada tivesse acontecido.

Caminhei até Jack, que colocava umas compras em cima da mesa.

– Esqueci de te perguntar se era preciso comprar alguma coisa específica – ele disse sorrindo depois que me viu.

Como se fôssemos casados.

– Não, não – respondi, dando de ombros. – O que tem de bom aí?

– O suficiente pra você cozinhar qualquer coisa maravilhosa – Jack me beijou. – Deixa eu ver a tatuagem.

Fiquei de costas pra ele e puxei as alças do vestido, segurando-o na frente para que não caísse.

– Ficou linda. A sua cara – disse. – Mas sua pele ainda está tão vermelha... Isso que dá ser muito branca.

Concordei com um aceno de cabeça. Isso que dá fazer uma tatuagem em gente que parece ter a cor de uma folha de papel.

– Jack, você me deixará ir, certo? – perguntei, me virando de volta para ele.

– Mas por que você quer ir? – Jack perguntou como se não fizesse a menor ideia, como se realmente acreditasse que eu estava vivendo um sonho. – Você não gosta de ficar aqui comigo?

– É que temos um acordo, lembra? – respondi, me desvencilhando das verdadeiras respostas.

– Você não gostou tanto assim da tatuagem?

– Eu adorei – respondi, bem rápido. – É uma prova de amor incrível, e de graça – ri da ironia. – Mas eu quero ir pra minha casa agora.

Jack não disse nada, continuou tirando as coisas das sacolas.

– Deixa que eu faço isso pra você – disse, e tomei a sacola. Nessa proximidade, ele me beijou – Jack...

– Shh... – ele fez.

Me abraçou e me beijou. Me pegou no colo ainda me beijando e caminhou de leve para o quarto.

– Jack... – tentei.

– Ah, só tente me convencer de que você está sem sutiã porque é confortável – Jack respondeu, sorrindo e zombando.

Me colocou na cama e veio para cima de mim. Beijou meus lábios, meu rosto, meu pescoço, suas grandes mãos acariciaram meus seios e puxaram meu vestido para cima.

– E, olha! Tá sem calcinha também!

Jack beijou minha barriga, minhas coxas e meu sexo. Imaginei que a antiga Laura iria ficar toda arrepiada com isso, mas pra atual Laura não faz diferença.

Eu até que gostaria de saber como é para as outras meninas quando elas fazem sexo sem vontade (porque todas fazem, não importa o quanto amem ou não amem seus namorados, como é o meu caso), porque, pra mim, é como se nada estivesse acontecendo.

Não dá... Jack não ia me libertar. Quem eu estava tentando enganar? Em quem eu estava tentando acreditar? Eu até tentei imaginar como seria se eu simplesmente explodisse dizendo que talvez estivesse esperando um filho. Mas não quis nem tentar. Porque minha situação não ficaria melhor que aquilo. Na mente de Jack, ele estava me tratando muito bem.

Foi quando eu me dei conta de que nunca tínhamos usado preservativos. Nunca tínhamos tomado cuidado. Quer dizer, Jack gozava fora, mas isso não é confiável.

Eu poderia ter ficado grávida com 15 anos. Ou com 16. E agora tenho quase 18, sou quase dona de mim, e talvez de outra pessoa.

Diferente do que se espera de uma primeira reação, eu não estou com medo. Não estou apavorada. E estou pouco me lixando se eu não estiver grávida. Tudo bem. Será algo a menos para me preocupar. Mas, se eu estiver grávida, ótimo, terei algo para me apegar e me dedicar. Algo que não vai me destruir.

Porque, diferente do que pensam as mães que nunca cresceram, eu não acho que crianças destroem alguém. Acho até que uma criança me daria forças para eu continuar vivendo. Mas isso, claro, se eu conseguisse ir embora dali.

Não durou muito e eu não senti nada, mesmo que eu tenha gemido algumas vezes, como uma boa namorada.

Sinto-me patética. Um tédio. Alguém por quem não se vale a pena lutar. Mas então pensei no celular e que teria que dar um jeito de dormir em "meu quarto" ou de usar o telefone quando Jack estivesse fora no dia seguinte.

– Nossa, eu poderia passar o dia fodendo você – ele disse, deitando na cama.

Soltei uma risadinha cansada e irônica, sentando na cama e abraçando os joelhos. Ele já não faz isso?

– Que foi? – ele perguntou.

– Nada. Eu só... – respirei fundo. – Estou imaginando o que cozinhar essa noite. Tem alguma coisa que você queira?

– Hum... Não sei, o que você fizer tá bom.

– Quando você vai me deixar ir embora? – perguntei.

Ele se sentou na cama e olhou sério para mim, tocou levemente no meu joelho e depois apertou minha mão:

– Por que você quer ir embora?

– Tínhamos um trato – respondi. – E eu... – tomei fôlego – preciso ir ao médico, logo.

– Ir ao médico por quê? Você parece bem... – ele encostou as costas da mão em minha testa. – Você não está se sentindo bem?

Respirei fundo, contei até dez e de repente não senti medo da – seja lá qual for – reação de Jack, eu decidi contar para ele as minhas suspeitas.

– Jack, eu acho que estou grávida.

Jack afastou a mão e me olhou com desconfiança. Devolvi o olhar. Lágrimas começaram a brotar em meus olhos e, mesmo que eu não quisesse, elas escorreram.

– Grávida, é? – ele perguntou, como se não notasse que eu estava chorando. – Vem cá.

Jack abriu os braços e, como era de costume, eu me acomodei em seu abraço. Aquela não era a reação que eu estava esperando, mas pelo menos era melhor.

– Não tem problema – ele disse, afagando meu cabelo. – Não se preocupe...

– Entendeu por que eu preciso ir a um médico?

– É, mas antes você tem que fazer um teste – a voz dele se animou um pouco. – Vai que você não está grávida.

– Eu pelo menos posso ir comprar?

– Não, deixa que eu vou – respondeu, em um tom de voz confiável. – Eu não sou uma criança, não tenho vergonha de comprar esse tipo de coisa.

Me afastei de seu abraço, levantei da cama e saí do quarto. Caminhei até a cozinha e comecei a mexer nas coisas que Jack tinha trazido. Enquanto isso, lágrimas escorriam como cachoeiras pelo meu rosto.

Eu esperava que ele ficasse bravo, que me deixasse ir embora, que fosse fugir do compromisso, mas que ingênua que eu fui... Não dá pra uma pessoa como eu – que não é formada em nada e que nunca teve um interesse acentuado por psicologia – tentar prever as ações de alguém que não tem a mentalidade sã. O engraçado é que, às vezes, tenho a impressão de que antes do acidente ele não era assim tão meloso comigo.

Força, Laura. Você está muito perto de ir embora. Não chore agora.

Com esses pensamentos, enxuguei as lágrimas, levantei a cabeça, respirei fundo e coloquei minha cuca para funcionar. Eu ia ligar para Miriam, ou para sei lá quem, e ia conseguir sair dali. Aí, ele não poderia mais dizer que não sabia a razão da minha partida, muito menos se perguntar por qual motivo eu não disse adeus – já que, caso eu fugisse, eu deixaria um bilhete, uma cartinha, uma pichação na parede ou qualquer coisa assim. Talvez eu simplesmente destruísse seu estúdio de tatuagem – ri com a ideia, sabendo que não faria isso de verdade.

Jantamos, dormimos – não consegui dormir sozinha no meu quarto – e, no dia seguinte, depois dos momentos de escrava sexual, quando Jack saiu para ir ao estúdio, eu corri para meu quarto, peguei o celular e me tranquei no banheiro.

Liguei-o novamente, senti meu coração acelerar quando ele vibrou. Tentei decidir para quem eu ligaria. Mesmo que a minha consciência pedisse para eu ligar para alguém da minha família, minha cabeça só pensava em Miriam. Procurei seu número de contato e liguei, rezando para que ela atendesse.

Os intervalos entre um "tu" e outro pareciam durar tanto e tão pouco. Não conseguia saber, de tão confusa que estava, se aquele toque era normal ou se indicava que o celular estava ocupado ou procurando serviço.

– Alô? – soou do outro lado da linha.

De repente foi como se o mundo tivesse parado, não consegui acreditar que tinha dado certo. Várias imagens de escape começaram a dançar na minha cabeça, como uma festa.

– Alô-ou?

– Miriam, sou eu! Laura! – Quis gritar no telefone. Mesmo não tendo ninguém em casa, controlei minha voz.

– Meu Deus, olha quem resolveu aparecer – ela respondeu com uma ironia cortante. – Pensei que tivesse morrido, ou achado amigos muito melhores nessa cidade nova.

Eu quis chorar.

– Não, Miriam... Escute. Eu estou com Jack, ele me trouxe pra casa dele, na minha antiga cidade, ele não vai me deixar sair, você precisa me ajudar – comecei a chorar. – Por favor.

Um silêncio se estendeu do outro lado da linha, então ela disse:

– Isso é sério mesmo?

– Eu *juro* que é – respondi, em lágrimas.

– Laura? – ouvi a voz alta de Jack. – Onde você está?

– Eu preciso ir – sussurrei. – Por favor, me encontre depressa.

– Mas...

Desliguei. Não sei como o crédito aguentou essa conversa, acho que foi coisa de Deus. Guardei o celular no meu bolso, dei uma descarga pra disfarçar e saí do banheiro. Vendo que Jack não estava no quarto, coloquei o celular escondido no fundo do armário, enrolado em minhas roupas e caminhei tentando encontrá-lo. Quando cheguei na sala, ele me surpreendeu com um abraço.

– Comprei o teste – ele disse, levantando a caixinha. – Vai dar tudo certo.

Ele me soltou e eu peguei a caixinha. Perguntei de uma forma um tanto sarcástica:

– Você está torcendo pra qual lado?

– Para o que ganhar – ele sorriu.

Sorriu de um jeito que, se eu não soubesse que ele era doente, eu teria me apaixonado de novo.

– Amanhã eu faço – prometi.

– Leve o tempo que precisar – disse Jack, pegando uma mecha de meu cabelo e me olhando fundo.

O olhar de Jack me contou que ele realmente me quer para sempre, me quer de verdade. Eu já não sei mais se eu o quero, nem que seja em condições normais e curado, mas não posso me dar ao luxo de imaginar nós dois dessa forma, não posso mais esperar que sua sanidade volte.

Tudo que eu posso fazer é esperar que Miriam consiga me encontrar. Que ela pelo menos tente falar com meus pais, com a polícia, com alguém.

Durante três dias, esse pensamento foi tudo o que me sustentou. Esse pensamento e a descoberta de que eu realmente estava grávida.

Jack não parava de tirar fotos da tatuagem das minhas costas, me fazia ficar em diversas posições como se ele fosse um fotógrafo profissional e a tatuagem, uma verdadeira obra de arte (que a verdade seja dita: se eu tivesse pagado sabe lá Deus quanto, talvez não ficasse tão bonita).

Às vezes também batia fotos de minha barriga, dizendo que iria tirar fotos de cada mês, para poder registrar a imagem dela crescendo.

Então, numa tarde em que eu estava sozinha em casa, ouvi vozes falando muito alto, e que imaginei serem de familiares.

– Posso subir pra tomar água? – ouvi baixinho, mesmo com o ouvido colado na porta.

Me afastei quando vi que subiam as escadas e olhei assustada para a porta quando ela se abriu. Como se eu esperasse que ela fosse a porta de uma guarda-roupa, e que dali saísse um monstro. Ou como se ela fosse o portão do paraíso, e que dali saísse um anjo.

– Obrigada – Miriam apareceu e sorriu para Jack.

Meus olhos se esbugalharam quando a vi, mas ela disfarçou bem quando me viu, como se não me conhecesse.

– Oi, prazer!

– Laura, essa é a Silvia, namorada do Malu, acredita que ele decidiu dar uma passada aqui? – Jack apresentou Miriam para mim. – Vou voltar pra lá, você pega um copo de água pra ela?

– C-claro – foi tudo que consegui responder.

Jack sorriu pra mim e desceu, Miriam e eu fomos até a cozinha e então eu quase pulei no pescoço dela:

– Como que você me achou?!

– Longa história, conto depois – ela disse. – Como é que você se meteu nessa enrascada?

Encolhi os ombros. E a abracei de novo:

– Vamos embora! Deixe as emoções e os detalhes pra depois!

– Não podemos dar tão na cara, Jack pode vir atrás – Miriam disse séria. – Malu veio me contando no caminho que Jack é meio estranho.

– Só um pouco... Completo doente mental – concordei. Meu Deus, ter Miriam ali me fazia capaz de fazer piadas.

De repente, Malu apareceu:

– Liguei para meus pais, eles devem chegar aqui hoje à noite, junto com uns médicos, ou algo desse tipo.

Sorri para Malu quase chorando e pulei nele, abraçando-o muito forte, muito mesmo, como se ele fosse o Divino em forma de menino:

– Não acredito que vocês estão aqui.

– Você tá machucada? – ele perguntou.

– Depende do ponto de vista – respondi, fazendo gracinha de novo, então tirei minha blusa e virei de costas.

Os dois soltaram exclamações não muito compreensíveis. Vesti minha camiseta depressa.

Malu voltou para a companhia de Jack e eu me sentei na sala com Miriam. Estava tão feliz em vê-la que toda a expectativa de "estou te vendo pessoalmente pela primeira vez" foi, de certa forma, obliterada.

Conversamos um pouco, mas, sempre que eu tentava falar o que tinha acontecido comigo, ela lançava um sinal com um olhar e puxava um assunto disfarçado, como se nunca tivéssemos nos visto antes. Foi uma estratégia acertada, pois Jack passava por ali o tempo inteiro.

As horas se passaram e Malu disse:

– Por que a gente não faz como nos velhos tempos? Thomas e eu vamos sair para comprar pizzas e já voltamos! – e então começou a empurrar Thomas para a porta antes que alguém pudesse dizer alguma coisa.

– Então, Silvia – Jack se sentou e olhou meio desconfiado para Miriam – como você e Malu se conheceram?

– Na verdade, foi muito estranho – ela respondeu séria. – Eu estava tentando entrar numa casa abandonada.

Papo ia e vinha, mas eu não conseguia me concentrar. Meu coração estava tão acelerado que toda a vez que me incluíam no assunto eu respondia com "quê?".

Foi durante a pizza que bateram na porta e, quando Jack atendeu, soou uma voz:

– Você vem conosco.

Quando fomos olhar quem era, vimos que aquele era o pai de Malu, acompanhado de enfermeiros equipados e da esposa. Pelo visto, não quiseram envolver a polícia. Jack deu alguns passos pra trás e olhou com fúria para Malu, mas este apenas disse:

– Vamos lá, cara, você sabe que o que está fazendo é errado.

Meus olhos mal piscavam quando Jack tentou se livrar dos enfermeiros. Ele tentava andar para trás, mas já tinha sido imobilizado. Em um segundo estava – depois de levar uma injeção de não sei o quê – caindo no chão.

Não sei explicar muito bem como aconteceu: os enfermeiros agarraram Jack, que tentou escapar, mas que foi dopado e perdeu a consciência.

– Vocês vão para casa agora – a mãe de Malu disse para nós três. – Vamos cuidar do resto.

Assentimos com a cabeça. Meus pés pareciam não pisar no chão enquanto Miriam me guiava até o carro. Mesmo quando entramos, só fui conseguir me sentir recuperando a consciência quando ela começou a dirigir. Então percebi uma coisa estranha na paisagem.

– Essa não é...

– Não – Malu me interrompeu.

Em algum momento entre uma cidade e outra, uma frase e outra, um silêncio e outro, eu adormeci.

Paramos finalmente num posto de gasolina, Miriam abasteceu e depois entramos no restaurante/lanchonete. Sentamos em uma das mesinhas e perguntei:

– Como vocês me acharam?

– É uma longa história – Miriam disse. – Posso contar? – perguntou para Malu.

Malu fez que sim, e Miriam começou:

"Primeiro eu te achei muito abusada. Eu não acreditei que você estivesse com Jack contra a sua vontade; com certeza seus pais iriam te procurar. Esse pensamento me corroeu por horas, até que eu finalmente peguei o carro do meu pai e dirigi até sua cidade. Pensei em ir de ônibus, mas e se você estivesse mesmo encrencada? Aí você ia precisar de uma saída rápida. Quando cheguei na sua cidade me dei conta de que não tinha seu endereço e que ela era muito maior do que sua outra cidade pra sair procurando a esmo. A única informação que eu tinha era o nome do seu colégio, então procurei na internet o endereço e, quando o encontrei, eu meio que... convenci um estagiário – acho que era um estagiário – a me mostrar sua matrícula, seu histórico. Então descobri seu endereço atual, mas não fui até a casa dos teus pais porque pensei que havia algum motivo pra você ligar pra mim, e não pra eles. No seu histórico escolar tinha o nome da sua antiga escola, então anotei tudo o que eu queria e coloquei o pé na estrada até Tateó. Que cidade pra não ter nada, hein? É até pior do que eu imaginava. Chegando lá, depois de cansativas horas de viagem e de umas breves paradas, eu fui procurar seu colégio. Preparei o meu decote e corrompi outro estagiário para descobrir seu antigo endereço porque, vai que fosse útil? Também pedi o de Jack. Estranhei o estagiário demorar tanto pra me dar o endereço e então comecei a suspeitar que ele não estaria mais na cidade *também*. Bom, fui até sua antiga casa só pra checar. Estava alugada por uma família que, quando eu mostrei a foto de vocês dois, disse que não conhecia nenhuma Laura e nenhum Jack. Me animei comendo num restaurante legalzinho e parti para a casa de Jack. Estacionei bem na frente e saí. O estúdio estava fechado, a porta estava trancada, a aparência da casa era a de que fazia anos que não era habitada. Chamei, gritei, bati na porta, buzinei, fiz de tudo, tentei usar toda a minha força pra arrombar a porta, que nem se mexeu. Até joguei pedras nas janelas. Entrei no carro e buzinei ainda mais forte. Eu estava ficando com muita raiva. Se aquilo fosse um trote você ia ver só quando me encontrasse. Pelo visto minhas buzinadas chamaram a atenção de um garoto na rua, bonitinho até, e ele me disse que se chamava Malu. Quando mostrei sua foto, ele me disse que você não morava mais na cidade e que Jack ficou durante algum tempo esperando você voltar, então desapareceu. Eu e Malu fomos tomar um café e ele me contou que Jack vivia dizendo que ia te sequestrar e te trazer de volta, mas que ele nunca tinha achado que faria isso de verdade. Então contei do seu telefonema. Pensamos em ir até a polícia para rastrear o número, mas Malu me contou que era possível que a polícia de Tateó nem soubesse como se fazia isso. Então tivemos a ideia de ir até o consultório da mãe de Malu. Pegamos os antigos arquivos de Jack sem ninguém ver. Em uma das folhas estava escrito que Jack tinha medo de se tornar doente mental, como o pai que vivia maltratando a mãe, e que, por algum motivo, ele quis mudar de cidade, mas vivia sempre tão desconectado do mundo que tiveram que construir uma casa em Tateó idêntica à antiga, para que ele tivesse pelo menos a sensação de que vivia na mesma casa de sempre. Foi quando Malu e eu desvendamos esse primeiro impasse: você me disse que estava na casa de Jack em sua antiga cidade, mas você não estava. Você achava que era a casa de Jack que conheceu porque as duas casas são iguais. Como você não podia sair e as janelas tinham grade, acho então que você não percebeu que estava em outra cidade. Malu me convidou para passar a noite na casa dele. Aproveitaríamos para dar uma olhada melhor nos arquivos e descobrir qual cidade seria essa. Confesso que passamos uma parte do tempo fazendo coisas muito mais gostosas do que investigar o passado de Jack. Mas quando investigamos, fizemos pra valer, não encontramos nada. Então eu pensei: onde mais estaria escrito a cidade natal de Jack senão na certidão de nascimento? Até onde eu sei, precisam da certidão para fazer a matrícula na escola, porque existem alguns dados que são obrigatórios na hora de fazer o histórico escolar. Voltamos lá e descobrimos que você não estava em Tateó, mas sim numa cidade chamada Itamaral. A gente não sabia se a polícia estava atrás de você, suspeitamos que ela não poderia saber de todas essas informações e também não estávamos com saco, nem gasolina, nem dinheiro para voltar até sua cidade, então partimos. Eu quis ir sozinha, mas Malu quis me acompanhar. Não foi difícil encontrar a casa. Quando chegamos, o estúdio estava aberto. Thomas e Jack estavam lá, eles ficaram meio desconcertados, mas contentes em ver Malu, ele disse que eu era a namorada dele e que me chamava... Silvia? Enfim, Thomas percebeu que estávamos ali para algo maior do que uma visita e nos deu uma chave quando eu disse que estava muito cansada da viagem e que precisava de um copo d'água. Malu não conseguiu que Thomas explicasse por que ele nunca tentou tirar você dessa, acho que ele tinha medo".

Miriam respirou fundo ao acabar de contar sua história mirabolante.

– Não é legal? – ela perguntou, tentando me animar. – A escola que você sempre odiou contribuiu bastante pra gente te achar.

– Vou te dar todo o crédito, não a ela – respondi para Miriam. – A vocês – olhei para Malu e sorri. – Meu Deus, que maluquice.

Repassei a história de Miriam na minha cabeça e só depois me dei conta de uma coisa.

– Então essa doença, seja o que for, é genética? – perguntei.

– Parece que sim, pelo visto o pai de Jack passou para ele – Malu respondeu.

– E por que Thomas não tem?

– Não sei – Miriam disse. – Talvez sejam irmãos de pais diferentes. Ou, ah, sei lá.

– Como a gente sabe se Jack apenas recebeu ou... se ele vai passar adiante? – perguntei, de maneira apreensiva.

– Por quê? – Perguntaram Miriam e Malu ao mesmo tempo. Então se calaram.

Senti vontade de chorar, mas Malu interveio logo, antes que eu começasse a desabar.

– Não se preocupe! – olhei confusa pra ele, que continuou. – Acredito que se a criança crescer num lugar harmonioso, ela não desenvolverá nada, caso tenha herdado essa coisa de Jack. Jack era descontrolado porque vivia num ambiente de terror, com o pai surrando a mãe e os dois pequenos. Depois que os pais dele se foram, ele passou a se tratar e ficou bem. Ficou bem por muito tempo, até sofrer o choque do seu acidente e do seu "desaparecimento".

Tive que pensar por um instante.

– Meu filho – comecei – vai crescer sem saber das situações que passei e sem ter conhecido o próprio pai. Ele não vai se achar em um estado de confusão?

– Você não precisa contar – disse Miriam, com uma voz bem calma e compreensiva – E nem sabemos se ele vai herdar esse problema. Não vamos colocar energias negativas.

Concordei com um aceno da cabeça. Mas então comecei a chorar, e chorar, e senti como se eu não fosse parar nunca mais.

– E o que eu vou falar para os meus pais? – perguntei, descontrolada – Como é que eles vão ver a minha criança? Eu... eu não quero mais voltar pra casa! Eles me tiraram da minha antiga vida, como vou saber se não vão tirar o meu filho de mim?

– Você... Você não precisa voltar se não quiser – disse Malu, com voz triste.

– Não – Miriam falou para Malu e depois se voltou para mim. – Laura, seus pais te amam, eles vão entender.

– Mas eu não quero mais morar com eles – desabafei, mesmo entendendo o que Miriam queria dizer. – Nunca vou poder falar para eles o que aconteceu. Família nunca entende direito o que a gente passa. Eles não conheceram Jack direito, eles vão jogar na minha cara as coisas que aconteceram por minha culpa! Durante o tempo em que morei com eles naquela cidade nova, me senti tão presa quanto me senti com Jack!

Ficamos nós três em silêncio por um instante, enxuguei minhas lágrimas e respirei. Talvez o que eu tenha dito não fizesse sentido, mas eles não são os mesmos de antes, agora eles têm uma imagem pra manter, não são mais um "nada" na sociedade.

E se eles nem puseram ninguém atrás de mim? E se eles... acharam que eu fugi para Jack, preferindo ele? Será que agora eles não me querem mais?

– Eu tenho uma casa num condomínio em Mayland – disse Malu, aos poucos – Era dos meus avós, mas eles não a usam mais, e meus pais deixaram que eu morasse lá para fazer faculdade. Você... quer morar lá comigo?

– Posso mesmo? – sorri para Malu e respirei aliviada, como se alguém tivesse me puxado da beira de um penhasco.

– Vou perguntar para meus pais – Malu respondeu. – Mas acho que tudo bem. Eles também nem precisam saber.

– Não se preocupe, eu vou escrever um livro e ficar bem famosa – disse, meio sarcástica. – Aí vou te ajudar com todas as contas.

– Posso... ir também?

Olhamos para Miriam, e então eu e Miriam olhamos para Malu:

– Vamos transformar a casa em uma república!

Rimos. A sensação era boa, a de dar risada. O motivo da risada era ainda melhor. Respirei aliviada novamente:

– Graças a Deus você ligou para sua mãe, que foi com médicos para o meu "cativeiro". Agora Jack está em tratamento de novo, ele não vai poder mais me perseguir.

– Graças a Deus – concordou Miriam, sorrindo. – Mas depois que Jack se tratar e ficar bem de novo, talvez vocês voltem a se ver.

– É, quem sabe – concordei.

* * *

Falar com meus pais foi a parte mais difícil de voltar. Eles choraram, me abraçaram e não queriam que eu fosse embora para Mayland. Decidimos então que eu passaria minha gravidez com eles e, quem sabe, os primeiros meses de vida da pessoa que se tornou a minha mais pura paixão. Os meses passaram tranquilos, nos primeiros – depois que descobri que já estava grávida de quase dois meses –, a vida era tão boa que às vezes eu me esquecia da proposta de Malu, mas eu e Miriam ainda conversávamos e fiquei sabendo que foi muito difícil pra ela convencer os pais de que queria estudar em Mayland e de que já tinha até lugar para ficar.

Também fiquei sabendo que durante todos os meses em que estive grávida, ela ficou de castigo por roubar o carro dos pais e por dirigir na estrada sem a carta definitiva.

O plano de morar com Malu demorou para ser concretizado, mas os pais dele acharam que seria uma boa ideia, tornando nossa decisão mais fácil.

Quatro meses depois que eu voltei pra casa – e meu livro já estava bem encaminhado – descobri que a vida crescendo dentro de mim pertencia a um menininho, um menininho que crescia forte. Entre Diego, Rodrigo, Aragorn, Orlando Bloom II e todos os outros nomes que me sugeriram – Johnny é uma graça –, acabei escolhendo Lucas. As pessoas me disseram que é muito comum, que tinha a mesma inicial do meu nome, mas não me importei, achei lindo. Depois de minha decisão, surgiram alguns nomes bíblicos sugeridos por parentes, mas não mudei.

Lucas é um garoto lindo, tem cabelos escuros e pele branquinha. Mesmo que eu desconheça o caminho, vou tentar fazer o meu melhor para dar a ele a vida mais confortável e alegre que eu puder.

Várias vezes, durante esse período, achei que era Jack quando a campainha tocava, e, por algum tempo, não me senti segura em sair de casa. Mas ele não apareceu.

Quatro anos depois.

Malu está na faculdade, Miriam também – mesmo que ela tenha relutado muito estudar para o vestibular, escolher um curso e entrar na faculdade (não necessariamente nessa ordem).

Parte de mim teve medo no começo, quando eu me mudei, de viver com amigos e longe de minha mãe. Mas, quando vi que o condomínio era seguro, tinha parquinho e outras crianças, achei que fosse um ótimo lugar para morar enquanto Malu me quisesse ali.

Não fiz outros amigos. Mesmo que me tratem com respeito, acho que pensam que é estranho uma jovem mãe solteira ter uma tatuagem cobrindo quase toda as costas. Mas já tenho amigos, então não me sinto mal.

O dia está ensolarado, e ali estamos eu e Lucas, sozinhos no parquinho. Ele já havia descido o escorregador algumas trezentas vezes, e até subido nele pela parte de escorregar, quando ouvi uma voz calma e masculina atrás de mim.

– Laura?

Meus olhos se arregalaram, mas esperei Lucas escorregar antes de me virar para ver quem era, mesmo que eu não precisasse olhar para saber. Parado a poucos metros de mim, estava Jack.

Os músculos estavam mais definidos, o cabelo mais curto, tive até a impressão de que ele havia tirado o excesso de sobrancelha. Ele vestia um jeans escuro e uma camisa cinza. Eu o achei lindo. Parecia outra pessoa.

– Quem é ele, mamãe? – Lucas me perguntou, inseguro, vendo para onde eu olhava.

Lucas se tornou tão conectado a mim que acho que às vezes ele pode sentir o que sinto, sonhar o que sonho e entender cada olhar meu. Peguei Lucas no colo – graças a Deus ele veio em paz e não me fez pagar mico do "me solta, quero brincar!" na frente de Jack – e disse:

– Aquele é um homem que a mamãe conhece, o nome dele é Jack.

Jack se aproximou de mim e de Lucas – tive que me conter para não dar passos para trás – sorriu me olhando nos olhos, e eu sorri de volta. Agradeci novamente a Deus por ter a minha criança – crianças nunca deixam os adultos conversarem – que, muito empolgada, disse para Jack:

– Eu sei quem você é! Você é o homem que fez a tatuagem na mamãe! Você sabe subir no escorregador pela parte que escorrega?

– Eu... – Jack respondeu meio sem jeito, pego de surpresa. – Não sei, não... Vai me dizer que você sabe!

– Claro que eu sei – Lucas respondeu, fazendo movimentos para indicar que queria descer, e eu o coloquei no chão. – Olha só!

Subiu todo empolgado no escorregador, mas Jack ainda olhava pra mim.

– Como você tá? – perguntei.

– Ei, Jack! Olha aqui, Jack! Olha como eu sei! – Lucas gritou, já do alto do escorregador.

– Acho que... – Jack não sabia se olhava pra mim ou para Lucas. – A gente vai ter que conversar depois.

– É – concordei sorrindo.

Jack foi até o escorregador e ambos começaram a gritar como dois vencedores (tenho certeza de que o motivo que levava Jack a se sentir vitorioso não estava relacionado a conseguir subir um escorregador sem usar a escada).

Observei os dois. Juntos, Lucas parecia ainda mais com Jack. Sorri. Mesmo que eu não soubesse se Jack estava curado, sorri. Eu sabia que a medicina evoluía a cada dia, também sorri por causa disso. Mas sorri sobretudo porque... talvez – talvez – meu filho não cresça sem um pai.

É, eu também queria que acabasse por ali, mas a verdade é que... Não foi fácil.

Se quiserem parar de ler minha "incrível história" por aqui, tudo bem. Mas me sinto obrigada a contar que Miriam e Malu foram absolutamente contra minha volta com Jack – depois de três dias eu me apaixonei de novo e me senti muito sonsa por isso. E que também começaram a comparar minha história com a da Bela e a Fera.

O jantar no dia em que Jack apareceu foi uma grande confusão, mas Lucas gostou tanto de brincar com Jack que Miriam e Malu disseram que – já que eles eram praticamente dois pais para o Lucas – Jack podia vê-lo aos sábados, sempre com a minha supervisão, e com a garantia de que se Jack se sentisse estranho de alguma forma, ele iria para a terapia ou para onde quer que fosse. Eu concordei, Jack concordou.

Então isso quer dizer que não voltamos. Penso que vai ser meio difícil achar um homem que eu queira namorar. Já que Jack foi meu único e eu passei pelo que passei. E também porque tenho um filho. Mas achei legal Jack reaparecer, depois de tanto tempo seria ruim se parecesse que ele nunca existiu. Fiquei feliz de verdade em saber que ele está se cuidando. Então, se vamos ficar juntos ou não, essa decisão pertence ao destino, e só o tempo poderá nos dizer.

Eu sei que posso parecer meio forçada, meio querendo *demais* por ainda desejar ter Jack na minha vida, mas... fazer o quê? Eu sou assim, meio fã de finais felizes. Gosto de, pelo menos, poder imaginar um possível final feliz.

## SAIBA MAIS, DÊ SUA OPINIÃO:

**Conheça** - www.talentosdaliteratura.com.br
**Leia** - www.novoseculo.com.br/blog

**Curta** - /TalentosLiteraturaBrasileira

**Siga** - @talentoslitbr

**Assista** - YouTube /EditoraNovoSeculo

novo século®